UNE FAMILLE

DE

ROUGES-GORGES

Traduit de l'anglais

DE Mme TRIMMER

PAR

MARIE GUERRIER DE HAUPT

ILLUSTRATION PAR GIACOMELLI

TOURS

ALFRED MAME ET FILS

ÉDITEURS

LES

ROUGES - GORGES

—

PETIT IN-8o ILLUSTRÉ

Sous les groseilliers.

UNE FAMILLE

DE

ROUGES-GORGES

Traduit de l'anglais

DE Mme TRIMMER

PAR

MARIE GUERRIER DE HAUPT

ILLUSTRATION PAR GIACOMELLI

TOURS

ALFRED MAME ET FILS, ÉDITEURS

M DCCC LXXXII

LES

ROUGES · GORGES

CHAPITRE I

Le nid de rouges-gorges dans le verger. — Robin, Dicky, Flapsy et Pecksy. — La cour du château. — Harriet et Frederick Benson.

Deux rouges-gorges avaient construit leur nid dans une crevasse faite par le temps à un vieux mur couvert de lierre. Ils n'auraient pu choisir un meilleur endroit pour y établir leur demeure. Le nid était à l'abri de la pluie et du vent, et le verger où il se trouvait appartenait à un gentleman qui recommandait expressément à ses serviteurs de ne pas troubler les petits chanteurs auxquels son jardin donnait asile. Dans cette heureuse retraite, dont jamais aucun écolier paresseux n'osait approcher, la compagne du rouge-gorge déposa quatre œufs; puis elle se plaça sur eux, bien décidée à ne pas abandonner le nid jusqu'à ce que ses petits fussent éclos. Son excellent mari prenait chaque matin sa place pendant qu'elle allait déjeuner en toute hâte, et souvent il l'égayait par une chanson avant de prendre lui-même aucune nourriture.

Enfin, un jour l'heureuse mère entendit le gazouillement de ses enfants. Elle étendit, avec une tendresse
inexprimable, ses ailes maternelles pour les couvrir, jeta
hors du nid les coquilles d'œufs qui leur avaient servi de
prison; puis, prenant ses petits contre son cœur, elle les
présenta à son mari. Celui-ci les contempla avec ravissement, et prit place auprès d'elle pour partager la joie
qu'elle ressentait.

« Nous devons espérer jouir d'un grand bonheur en
élevant notre petite famille, dit-il; cependant nous aurons
aussi beaucoup d'embarras. Je me chargerai volontiers de
tout moi-même; mais il me sera impossible, avec mes
autres occupations, d'apporter à tous ces petits becs leur
nourriture de chaque jour. Vous serez donc forcée de
quitter parfois le nid pour aller leur chercher des provisions. »

Elle déclara qu'elle était prête à le faire, et ajouta
qu'elle n'aurait pas besoin de s'absenter pendant longtemps, car elle avait découvert, près du verger, un endroit où des gens charitables déposaient de la nourriture
à l'intention des petits oiseaux. Un pinson lui avait assuré
qu'on pouvait la prendre sans danger.

« C'est là, en vérité, une heureuse découverte pour
nous, répliqua son mari, car, avec notre accroissement
de famille, il est prudent d'employer tous les moyens
pour suffire à nos besoins. Je devrai moi-même faire de
plus grandes courses, car certains insectes qui conviennent
aux jeunes oiseaux ne peuvent pas être trouvés partout.
Je resterai cependant près de vous le plus que je le
pourrai. »

A ce moment les petits commencèrent à avoir faim et
à ouvrir de larges becs, en demandant de la nourriture.
Aussitôt leur tendre père prit son vol pour aller leur en

chercher, et, à son retour, il les rassasia tous, ainsi que sa compagne bien-aimée.

Ce fut une rude journée de travail. Lorsque le soir arriva, il avait grand besoin de repos; aussi, cachant sa tête sous son aile, il s'endormit bientôt. Sa compagne suivit son exemple; les quatre petits étaient déjà plongés dans un paisible sommeil, et le calme le plus parfait régna dans le nid pendant quelques heures.

Le lendemain matin ils furent éveillés à l'aube du jour par le chant d'une alouette dont le nid était près du verger. Comme les jeunes rouges-gorges étaient impatients de recevoir leur nourriture, leur père se prépara gaiement à reprendre sa tâche, et il pria sa compagne de le conduire à l'endroit dont elle avait parlé.

« Je vous y conduirai, répliqua-t-elle; mais il est encore trop tôt. Je vous prie donc d'aller seul chercher à déjeuner pour les petits, car je craindrais, en les quittant avant que l'air soit plus chaud, de les exposer à se refroidir. »

Il y consentit volontiers, et nourrit tous ses petits chéris, à qui, pour les distinguer entre eux, il donna les noms de Robin, Dicky, Flapsy et Pecksy.

Quand il eut pris tous ces soins, il se percha sur un arbre, et, tout en se reposant, il réjouit sa famille par ses mélodies, jusqu'à ce que sa compagne, sortant du nid, l'engageât à la suivre. Aussitôt, prenant son vol, il l'accompagna dans une cour dépendant d'un château voisin.

L'heureux couple n'eut pas plus tôt fait son apparition devant la fenêtre de la salle, qu'il fut aperçu par Harriet Benson, fillette âgée de onze ans environ, aux parents de laquelle le château appartenait. Harriet, toute joyeuse, appela son frère pour voir les deux rouges-

gorges, et elle fut bientôt rejointe par Frederick, un bel
enfant d'environ six ans, rose et joufflu, qui, après avoir
jeté un coup d'œil sur les étrangers emplumés, courut à
sa maman et la pria de lui donner quelque chose pour
les nourrir.

« Il me faut un gros morceau de pain ce matin, dit-il;
car il y a là tous les moineaux et tous les pinsons qui
viennent chaque jour, et de plus deux rouges-gorges..

— En voici un morceau, Frederick, répliqua
Mᵐᵉ Benson en coupant un pain qui était sur la table;
mais, si le nombre de vos pensionnaires continue à augmenter, il nous faudra trouver pour eux une autre nourriture, car il n'est pas juste de distribuer des morceaux
de pain aux oiseaux quand nous devons en donner de
préférence à beaucoup d'enfants qui en manquent. Voudriez-vous priver de son déjeuner un pauvre petit garçon
affamé, pour nourrir des oiseaux?

— Non! dit Frederick, je donnerais plutôt mon propre
déjeuner au pauvre enfant. Mais où pourrai-je trouver
assez de provisions pour mes oiseaux? Je demanderai au
cuisinier de conserver les miettes de la boîte au pain, et
je prierai John de garder toutes celles qu'il fait quand il
coupe le pain pour le dîner, de même que celles qui
restent sur la nappe.

— L'idée est très bonne, dit Mᵐᵒ Benson. Je suis sûre
que par là vous atteindrez votre but, si vous pouvez obtenir des serviteurs qu'ils vous accordent votre demande.
Je ne puis supporter de voir perdre la moindre des
choses qui peuvent servir à nourrir quelque créature. »

Harriet, impatiente d'exercer sa bienfaisance, pria son
frère de se rappeler que les pauvres oiseaux, dont il
avait plaidé la cause avec succès, seraient bientôt envolés
s'il ne se hâtait pas de leur distribuer leur nourriture. Il

courut donc à la fenêtre, tenant le pain dans sa main.

Lorsque Harriet était apparue la première fois, les suppliants ailés s'étaient approchés dans l'espoir d'avoir leur part des friandises qu'elle leur distribuait habituellement, et ils avaient été surpris du retard apporté à la distribution. Ils avaient sautillé et gazouillé devant la fenêtre, s'étaient impatientés et avaient employé tous les petits moyens en leur pouvoir pour attirer l'attention. Enfin, ils étaient sur le point de s'éloigner, quand Frederick, arrachant une parcelle du morceau de pain qu'il tenait, essaya de la lancer au milieu d'eux, criant en même temps :

« Dicky, Dicky! »

A ce bruit bien connu, le petit troupeau revint immédiatement. Frederick pria sa sœur de le laisser nourrir lui-même tous les oiseaux; mais, s'apercevant qu'il ne pouvait pas jeter les miettes assez loin pour les rouges-gorges, qui, comme étrangers, se tenaient à distance, il dut renoncer à cette besogne.

Harriet en lança adroitement quelques-unes juste à l'endroit où se tenait le couple, attendant qu'on fît attention à lui. Les rouges-gorges becquetèrent avec reconnaissance la part qui leur était accordée. Frederick poussa des cris de joie en les voyant manger, et Harriet chercha le moyen de les apprivoiser à force de bontés.

« N'oubliez pas, mon cher frère, dit-elle, de demander les miettes au cuisinier et à John, et ne laissez pas tomber par terre la moindre parcelle des choses que vous aurez à manger. De mon côté je serai aussi soigneuse; nous ramasserons toutes les miettes qui sont faites à la table du dîner, et si, par tous ces moyens, nous n'avons pas encore assez, j'emploierai un peu de mon argent à acheter du grain pour eux.

« — Oh! dit Frederick, je donnerais tout l'argent que je possède pour acheter de la nourriture à mes chers, chers oiseaux!

— Arrêtez, mon amour! dit Mme Benson. Quoique j'approuve votre bienveillance, je dois vous rappeler encore qu'il y a de pauvres gens aussi bien que de pauvres oiseaux.

— Eh bien, alors, maman, répliqua Frederick, j'achèterai seulement un peu de grain. »

Tandis qu'il disait ces derniers mots, les rouges-gorges achevèrent leur repas, et la mère exprima son impatience de retourner au nid. Ayant obtenu le consentement de son mari, elle s'envola aussi vite que possible vers son humble habitation, tandis qu'il entonnait son chant mélodieux et ravissait leurs jeunes bienfaiteurs par ses accents. Ensuite il étendit ses ailes, et prit son vol vers un jardin voisin, où il espérait trouver des insectes pour la nourriture de sa famille.

CHAPITRE II

On nourrit les jeunes rouges-gorges. — Robin et Dicky
apprennent à chanter.

Frederick Benson regretta beaucoup que les rouges-gorges fussent partis; mais sa sœur le consola en lui disant que, selon toute probabilité, ses nouveaux favoris, ayant été si bien accueillis, reviendraient le lendemain. Mᵐᵉ Benson leur ordonna alors de fermer la fenêtre; puis, ayant pris Frederick sur ses genoux et fait asseoir Harriet à son côté, elle leur parla ainsi :

« Je suis heureuse, mes chers enfants, de votre bienveillance envers les animaux, et je désire l'encourager. Mais, croyez-moi, ne vous laissez pas aller à vos bons sentiments pour les animaux au point de vous rendre malheureux ou d'oublier ceux qui ont plus de droits à vos soins, c'est-à-dire les pauvres gens. Rappelez-vous toujours leur détresse, et sous aucun prétexte ne perdez ou ne donnez à des créatures d'un ordre inférieur la nourriture qui peut servir à des êtres humains. »

Harriet promit de suivre les conseils de sa mère; mais

l'attention de Frederick se portait tout entière sur un papillon, récemment sorti de la chrysalide, et qui voltigeait à la fenêtre, pressé d'essayer ses ailes à l'air et au soleil. Frederick aurait bien voulu s'en emparer; mais sa mère ne le lui permit pas, car, lui dit-elle, il n'aurait pas pu le saisir par ses ailes sans les froisser, et l'insecte était beaucoup plus heureux en liberté.

« Aimeriez-vous, Frederick, lui dit-elle, au moment où vous vous disposez à aller jouer, que quelqu'un vous retienne de force, vous gratigne, puis vous offre à manger quelque chose de très contraire à vos goûts, de malfaisant peut-être, et vous enferme dans une petite chambre sombre? Tel est pourtant le sort auquel beaucoup d'innocents insectes sont condamnés par des enfants insouciants. »

Dès que Frederick eut compris qu'il ne pouvait pas attraper le papillon sans lui faire du mal, il renonça à cette idée et dit à sa mère qu'il n'aurait pas voulu le retenir, mais seulement le porter dehors.

« Eh bien, répliqua-t-elle, vous pouvez atteindre ce but en ouvrant la fenêtre. »

Harriet s'empressa de le faire. L'heureux insecte s'envola joyeusement, et bientôt Frederick eut le plaisir de le voir se poser sur une rose.

Le déjeuner étant achevé, Mme Benson rappela aux enfants qu'il serait bientôt temps de commencer leurs leçons; mais elle voulut qu'ils allassent, avant de se mettre au travail, passer quelques instants dans le jardin avec leur bonne.

Pendant sa promenade, Frederick s'amusa à suivre des yeux le papillon, qui voltigeait de fleur en fleur; et cette vue lui procura plus de plaisir qu'il n'aurait pu en goûter en s'emparant de la frêle petite créature.

Diner des rouges-gorges.

Voyons maintenant ce qu'étaient devenus nos rouges-gorges après avoir quitté leurs jeunes bienfaiteurs.

La mère, comme je vous l'ai dit, était retournée immédiatement au nid. Son cœur palpitait de crainte lorsqu'elle y entra, et elle se hâta de demander :

« Êtes-vous tous saufs, mes chers petits?

— Tous saufs, ma bonne mère, répondit la petite Pecksy; mais nous avons un peu faim et grand froid.

— Eh bien, dit-elle, j'aurai promptement remédié au second inconvénient, mais je ne puis satisfaire votre faim; ceci est la tâche de votre père. Cependant je ne doute pas qu'il ne soit bientôt de retour. »

Étendant alors ses ailes sur eux tous, elle les eut promptement réchauffés, et ils se trouvèrent tout à fait à leur aise.

Très peu de temps après son époux arriva, car il était seulement resté chez Mme Benson le temps de finir sa chanson et de boire quelques gouttes de l'eau claire que ses nouveaux amis plaçaient toujours près de l'endroit où ils nourrissaient les oiseaux. Il apportait dans son bec un ver qu'il donna à Robin, et il se disposait à aller en chercher un pour Dicky, quand sa compagne lui dit :

« Mes petits sont maintenant éclos, et vous pouvez les réchauffer aussi bien que moi; prenez donc ma place et j'irai à mon tour aux provisions.

— J'y consens, répondit-il, parce que je crois qu'une petite promenade de temps en temps vous fera du bien; mais, afin de vous épargner de l'embarras, je vous indiquerai un endroit où vous pourrez être certaine de trouver des vers pour le repas de cette matinée. »

Il lui décrivit l'endroit; puis, lorsqu'elle quitta le nid, il y entra, et réunit les petits sous ses ailes.

« Venez, mes chéris, dit-il; voyons quelle nourrice je

serai. Une bien maladroite, je le crains ! Les mères des oiseaux elles-mêmes ne sont pas toutes de bonnes nourrices. Mais vous devez vous estimer très heureux, car la vôtre est une des plus tendres. J'espère que vous vous montrerez reconnaissants de sa bonté. » Tous le promirent. « Eh bien, alors, reprit-il, je vais vous chanter une chanson. » Il leur chanta, en effet, une chanson très gaie, qui plut extrêmement aux petits. Aussi, quoiqu'ils ne fussent pas tout à fait à leur aise sous ses ailes, ils ne s'en aperçurent pas et ne trouvèrent pas long le temps de l'absence de leur mère.

Elle n'avait pas réussi dans l'endroit où elle était allée d'abord. Un homme qui ramassait là des vers pour pêcher l'avait effrayée, et elle s'était envolée plus loin. Mais, ayant enfin trouvé ce qu'elle cherchait, elle était revenue en toute hâte, malgré les invitations réitérées de quelques joyeux oiseaux qui l'engageaient à se joindre à leurs parties de plaisir ; elle avait continué sa course, préférant la joie de nourrir Dicky à tous les divertissements des champs et des bois.

Dès que la mère-oiseau approcha du nid, son époux en sortit pour lui faire place, et pour aller à son tour chercher la nourriture de la famille. « Adieu encore une fois ! dit-il. Et en un instant il fut hors de vue.

« Mes chers petits, dit la mère, comment vous trouvez-vous ?

— Très bien ; merci ! répliquèrent-ils tous à la fois.

— Nous nous sommes beaucoup amusés, dit Robin ; car mon père nous a chanté une jolie chanson.

— Il me semble, fit Dicky, que j'aimerais à l'apprendre.

— Eh bien, répondit la mère, il vous l'apprendra, je vous l'affirme. Le voici qui vient, demandez-le-lui.

Sur le nid.

— J'ai honte! reprit Dicky.

— Alors vous êtes un sot petit oiseau. Ne soyez jamais honteux, sinon quand vous avez commis une faute. Ce n'en est pas une que de demander à votre père de vous apprendre à chanter; de bons parents aiment à enseigner à leurs enfants tout ce qui est convenable et utile. Vous pouvez en toute sécurité désirer suivre l'exemple d'un excellent père tel que le vôtre. » S'adressant alors à son époux, qui s'était arrêté un instant à l'entrée du nid pour ne pas l'interrompre :

« N'ai-je pas raison, fit-elle, dans ce que je viens de leur dire?

— Parfaitement, répliqua-t-il. Ce sera pour moi un plaisir que de leur enseigner tout ce que je pourrai. Mais nous parlerons de ceci une autre fois. Qui va nourrir la pauvre Pecksy?

— Oh! moi! moi! répondit la mère, qui s'éloigna à l'instant.

— Vous voudriez donc apprendre à chanter, Dicky? fit le père. Eh bien, alors, écoutez-moi, je vous prie, très attentivement. Vous pouvez toujours apprendre les notes, quoique vous ne soyez pas capable de chanter tant que votre voix ne sera pas plus forte. »

Robin, à son tour, remarqua que la chanson était, en vérité, très jolie, et il exprima le désir de l'apprendre aussi.

« Eh bien, fit son père, je vous la chanterai très souvent; vous pourrez ainsi l'apprendre si vous le voulez.

— Quant à moi, dit Flapsy, je ne crois pas que j'aie assez de patience pour l'apprendre; cela demande trop de temps.

— Rien, ma chère Flapsy, répliqua le père, ne peut être obtenu sans la patience, et je vois avec peine que la

vôtre vous fait déjà défaut. Mais, si vous n'avez pas de
goût pour la musique, j'espère que vous vous appliquerez
d'autant mieux à des choses peut-être plus importantes
pour vous.

— Pour ma part, fit Pecksy, j'étudierais la musique
de tout mon cœur, mais je ne crois pas qu'il me soit
possible de l'apprendre.

— Peut-être, répliqua son père. Mais vous vous appliquerez, j'en suis certain, à tout ce que votre mère vou-
dra, et elle est un excellent juge, non seulement de vos
dispositions, mais de ce qui convient à votre situation
dans la vie. Elle-même n'est point une grande chanteuse,
et cependant je puis vous assurer qu'elle est très intelli-
gente. La voici qui vient.

— Reprenez votre place, mon amie, lui dit-il en quittant le nid, et moi je me percherai sur le lierre. »

La mère couvrit de nouveau sa couvée, et son mari
l'amusa jusqu'au soir par son chant et par sa conversation, excepté pendant les instants où chacun d'eux allait,
à tour de rôle, chercher de la nourriture pour les petits.

Plusieurs jours se passèrent ainsi à peu près de la
même manière. Les petits prospéraient, faisant chaque
jour des progrès en force et en connaissances, grâce aux
soins de leurs excellents parents, qui visitaient tous les
matins leurs amis Frederick et Harriet Benson. Frederick
avait réussi auprès du cuisinier et du domestique, et
il obtenait d'eux assez de miettes pour nourrir ses chers
oiseaux, comme il les appelait, sans rien dérober aux
pauvres. Il avait toujours un penny à sa disposition
lorsque ses parents lui indiquaient quelque malheureux
digne de sa compassion.

CHAPITRE III

Les petits rouges - gorges se querellent. — Robin est en disgrâce.
— Amabilité de Pecksy. — Robin regrette ses torts.

Il arriva un jour que les deux rouges-gorges, qui se
rendaient toujours ensemble chez Mme Benson (parce que,
si l'un avait attendu le retour de l'autre, il aurait manqué
l'occasion de recevoir sa part), il arriva, dis-je, qu'ils
restèrent tous deux absents plus longtemps qu'à l'ordinaire. Quoique leurs petits bienfaiteurs, comme tous les
bons enfants, fussent habitués à se lever de bonne heure
et eussent toujours dit leurs prières, fait leur toilette et
appris leurs leçons avant le déjeuner; comme cette fois
ils avaient, la veille au soir, été fatigués par une longue
course, ils s'étaient, le matin, levés plus tard qu'à l'ordinaire. Cependant, dès que Frederick fut habillé, sa
sœur, qui l'attendait, le prit par la main et le conduisit
en bas, où il se hâta de demander au cuisinier la provision de miettes. En entrant dans la salle à manger, il
s'élança vers la fenêtre et essaya de l'ouvrir.

« A quel propos cette précipitation? dit sa mère; ne
voyez vous pas que je suis dans la chambre, Frederick?

— Oh ! mes oiseaux ! mes oiseaux ! s'écria-t-il.

— Je comprends, reprit Mme Benson ; vous avez négligé de nourrir vos petits pensionnaires. D'où vient cet oubli, Harriet ?

— Nous étions si fatigués hier soir, répondit Harriet, que nous avons dormi longtemps.

— Cette excuse peut vous satisfaire vous et votre frère, dit la maman ; mais vos oiseaux, je le crains, se plaindraient hautement de vous s'ils étaient capables de parler. Hâtez-vous maintenant de les nourrir. A l'avenir, si vous prenez sous votre protection quelque créature vivante de façon à ce qu'elle attende de vous sa nourriture, ayez soin de ne pas la laisser dans le besoin ; et, si vous êtes empêchés de vous en occuper vous-mêmes, chargez une autre personne de remplir votre tâche.

« Il est d'usage, continua Mme Benson, que les petits garçons et les petites filles souhaitent chaque matin le bonjour à leurs parents aussitôt qú'ils les rencontrent. C'est là, Frederick, ce que vous auriez dû me dire en entrant dans la salle à manger, au lieu d'accourir en criant : Mes oiseaux ! mes oiseaux ! Ceci ne vous aurait pas pris beaucoup de temps. Je pardonne néanmoins cette négligence, mon chéri, car vous n'aviez pas l'intention de m'offenser. Mais rappelez-vous que vous dépendez de votre père et de moi pour tout ce dont vous avez besoin, comme ces petits oiseaux dépendent de vous ; plus encore peut-être, car eux pourraient trouver à se nourrir dans d'autres endroits, tandis que les enfants ne peuvent rien pour se suffire à eux-mêmes. Ils doivent donc se montrer soumis et respectueux envers ceux qui leur prodiguent sans cesse leur tendresse et leurs soins. »

Harriet promit à sa mère qu'elle s'efforcerait toujours d'agir selon son désir ; mais j'ai le regret d'avouer que

Frederick était plus préoccupé de l'idée d'ouvrir la fenêtre que de profiter des bons conseils qui lui étaient donnés. Il n'était pas assez grand pour y réussir; aussi Harriet, avec la permission de sa mère, vint à son aide, et toute la provision de miettes fut distribuée. Comme beaucoup d'oiseaux avaient des nids, ils prirent leur repas aussi vite que possible. De ce nombre étaient les rouges-gorges, qui expédièrent la chose aussi promptement qu'ils le purent, car la mère avait hâte de retourner vers ses petits, et le père d'aller leur chercher à déjeuner. Comme ils avaient régalé leurs jeunes amis d'une chanson avant qu'ils eussent quitté leurs chambres à coucher, ils ne jugèrent pas nécessaire de rester pour chanter davantage, et tous deux s'envolèrent.

Quand la mère arriva au mur couvert de lierre, elle s'arrêta à l'entrée du nid, avec un battement de cœur; mais, voyant sa couvée saine et sauve, elle se hâta de prendre les petits sous ses ailes. Dès qu'elle fut placée, elle remarqua qu'ils n'étaient point aussi gais qu'à l'ordinaire.

« Qu'y a-t-il? demanda-t-elle. Comment vous êtes-vous accordés pendant mon absence? »

A ces questions nul ne voulut répondre, car la vérité était qu'ils s'étaient querellés pendant presque tout le temps.

« Quoi! tous silencieux! reprit-elle. Je crains que vous n'ayez désobéi à mes ordres et que vous ne vous soyez disputés. Je veux que vous me disiez toute la vérité. »

Robin, sachant qu'il était le plus grand coupable, commença à se justifier, sans laisser aux autres le temps de l'accuser.

« Je vous assure, mère, dit-il, que j'ai seulement donné à Dicky un petit coup de bec, parce qu'il me pressait; alors les autres se sont joints à lui, et tous à la fois sont tombés sur moi.

— Puisque vous avez commencé, Robin, répliqua Dicky, je dois parler; car, en vérité, vous m'avez donné un coup de bec très fort, et j'ai craint que vous ne m'ayez arraché un œil. Je vous assure que je vous avais laissé autant de place que je le pouvais; mais vous avez dit que vous deviez avoir la moitié du nid, et, parce que vous êtes l'aîné, être le maître quand le père et la mère sont absents.

— Je n'aime pas à rapporter, ajouta Flapsy, mais ce que Dicky vient de dire est très vrai, Robin; et vous m'avez arraché deux ou trois petites plumes, seulement parce que je vous priais de ne pas nous maltraiter.

— Et vous avez appuyé très rudement votre patte sur moi, cria Pecksy, parce que je vous ai dit que vous aviez oublié les ordres de votre chère mère.

— En vérité, voilà une triste histoire! fit la mère. Je suis très fâchée, Robin, de voir que vous êtes déjà si disposé à la turbulence. Si vous continuez ainsi, nous n'aurons aucune paix dans le nid, et je ne pourrai jamais le quitter sans inquiétude. Quant à vos prétentions parce que vous êtes l'aîné, quoique ce titre m'engage à vous montrer une préférence chaque fois que la chose est juste, il ne vous donne nullement le droit de dominer votre frère et vos sœurs. Vous êtes tous également les objets de nos tendres soins, nous devons les répartir entre vous avec impartialité, pourvu que vous ne vous en rendiez pas indignes par votre mauvaise conduite. Pour vous prouver que vous n'êtes pas le maître du nid, je veux que vous sortiez de dessous de mon aile, et que vous restiez sur le bord, tandis que je soignerai ceux qui sont soumis et bons. »

Robin, grandement mortifié, s'éloigna de sa mère; sur quoi Dicky commença, avec la plus grande bonté, à intercéder pour lui.

« Pardonnez à Robin, ma chère mère, je vous en prie, dit-il; je lui pardonne de tout mon cœur la manière dont il m'a traité, et je ne me serais pas plaint à vous si cela n'avait point été nécessaire pour ma propre justification.

— Vous êtes un bon oiseau, Dicky, fit sa mère. Mais une pareille offense ne peut être effacée que par le repentir. »

Au même instant son époux revint, apportant un beau ver, et il chercha, comme à l'ordinaire, Robin, qui se tenait seul à l'écart.

« Donnez cela à Dicky, dit la mère; Robin doit être servi le dernier ce matin, et même je ne sais si je dois lui permettre de recevoir de tout le jour aucune nourriture. »

Dicky éprouvait une grande répugnance à mortifier son frère; mais, sur l'ordre de sa mère de ne pas faire attendre son père, il ouvrit le bec et avala le friand morceau.

« Qu'est-il arrivé? demanda le bon père lorsqu'il eut vidé son bec. Quelqu'un des petits aurait-il été méchant? Mais je ne puis rester maintenant pour m'en informer, car j'ai laissé un autre beau ver qui pourrait être parti si je ne me hâtais pas de retourner. »

Dès qu'il se fut éloigné, Dicky renouvela ses instances pour obtenir le pardon de Robin; mais, comme celui-ci restait immobile, gonflé de colère et d'orgueil, parce qu'il se figurait que l'aîné ne devait pas être chassé de dessous l'aile de sa mère tandis que les autres recevaient leur nourriture, elle ne voulut pas entendre un mot en sa faveur. Le père revint bientôt et nourrit Flapsy; puis, pensant qu'il valait mieux que sa compagne pût continuer ses remontrances, il repartit. Pendant l'absence de son père, Pecksy, dont le petit cœur était plein d'affectueuse tristesse à cause de la punition subie par son frère, essaya ainsi de le consoler :

« Cher Robin, ne soyez point affligé; je vous donnerai mon déjeuner si ma mère le permet.

— Oh! dit Robin, je n'ai besoin d'aucun déjeuner. Si je ne suis pas servi le premier, je ne veux rien !

— Voulez-vous que je prie ma mère de vous pardonner? dit Pecksy.

— Je n'ai aucun besoin de votre intercession, répliquat-il. Si vous n'étiez pas tous des méchants, je n'aurais pas été mis dehors.

— Revenez, Pecksy! dit la mère, qui les entendit. Je ne veux pas que vous parliez à un oiseau si méchant. Je défends qu'aucun de vous s'approche même de lui. »

Le père arriva sur ces entrefaites, et Pecksy reçut sa nourriture.

« Vous pouvez vous reposer, mon ami, dit la mère; votre tâche du matin est achevée.

— Quoi! qu'a donc fait Robin? demanda-t-il.

— Je suis fâchée d'avoir à vous le dire, répliqua-t-elle: il s'est querellé avec son frère et ses sœurs.

— Querellé avec son frère et ses sœurs? Vous me surprenez! Je n'aurais jamais supposé qu'il pût être si insensé ou si désobligeant !

— Oh ! ce n'est pas tout, reprit la mère. Il s'en fait accroire parce qu'il est l'aîné, et réclame la moitié du nid pour lui seul quand nous sommes absents. Maintenant il boude parce qu'il est puni, et parce qu'il n'a pas été servi le premier comme à l'ordinaire.

— S'il en est ainsi, répliqua le père, laissez-moi ar-

ranger cette affaire, ma chère, et allez, je vous prie,
prendre un peu l'air, car vous paraissez grandement
affligée par sa mauvaise conduite.

— Je suis troublée, je l'avoue, dit-elle, car je ne m'attendais pas à un si triste remerciement de tous mes soins
et de ma tendresse. C'est même à regret que je vous laisse
ce méchant oiseau ; mais je ne suis pas capable de le cor-
riger. Je vais, comme vous le désirez, aller prendre un
peu l'air. »

En parlant ainsi, elle prit son vol vers un arbre voisin,
où elle attendit avec anxiété pendant le temps que le père
réprimandait Robin.

Dès que la mère fut partie, le père s'adressa ainsi au
méchant oiseau :

« Ainsi, Robin, vous prétendez être le maître du nid?
Vous feriez, en vérité, un joli maître, vous qui ne savez
même pas dominer votre colère! Je ne vous ferai pas
maintenant de longs discours; mais rappelez-vous seulement ceci : je ne souffrirai pas que vous agissiez mal
envers aucun membre de la famille, surtout envers votre
bonne mère; et si vous persistez dans votre mauvaise
humeur, je vous chasserai certainement du nid avant que
vous puissiez voler. »

Ces menaces effrayèrent Robin. Il commençait aussi à
avoir grand'faim et grand froid ; aussi promit-il de se mieux
conduire à l'avenir, et son frère et ses sœurs prièrent
instamment pour qu'on lui accordât son pardon et pour
qu'il pût reprendre sa place habituelle.

«Je ne puis rien dire au sujet de cette dernière demande,
répliqua le père; ceci dépend de votre mère. Mais, comme
c'est sa première faute, et qu'il semble la regretter beaucoup, je veux bien, pour ma part, lui pardonner; et j'in-
tercéderai pour lui auprès de sa mère. »

Là-dessus, il quitta le nid pour aller la chercher.

« Revenez, mon amie, dit-il, auprès de votre chère famille; Robin paraît regretter sa faute, et il vous attend pour vous demander pardon. »

Heureuse de cette nouvelle, la mère redressa sa tête penchée et releva ses ailes qui p ndaient tristement à ses côtés, en signe d'affliction.

« Je vole lui porter mon pardon, » dit-elle en se hâtant de revenir au nid.

Robin désirait et redoutait en même temps son retour. Dès qu'il l'aperçut, il leva sur elle un œil suppliant, et, d'une voix faible (car la faim et la douleur avaient épuisé ses forces), il s'écria :

« Pardonnez-moi, chère maman ! je ne vous offenserai plus.

— J'accepte vos excuses, Robin, dit-elle, et je consens à vous recevoir encore sous mon aile; mais, en vérité, votre conduite m'a rendue très malheureuse. » Alors elle lui fit place. Il se nicha tout près d'elle, et fut bientôt réchauffé par la chaleur maternelle. Il avait toujours faim ; pourtant il n'osait pas prier son père d'aller lui chercher qu lque nourriture. Mais ce tendre père, voyant que la mère lui avait pardonné, vola de toute sa vitesse dans un champ voisin, où il trouva bientôt un ver. Il le présenta avec tendresse à Robin, qui l'avala avec gratitude.

La paix fut ainsi rétablie dans le nid, et l'heureuse mère put de nouveau se réjouir de l'harmonie qui régnait parmi les membres de la famille.

CHAPITRE IV

Nouvelle querelle. — Réconciliation. — Le serin perdu.
— Frederick désire trouver le nid des rouges-gorges

Quelques jours plus tard une nouvelle querelle éclata.
Tous les petits rouges-gorges, excepté Pecksy, commettaient tour à tour quelques fautes à l'occasion desquelles
ils étaient punis. Mais Pecksy avait une nature si aimable,
qu'elle s'appliquait constamment à se bien conduire et à
éviter d'offenser qui que ce fût. Aussi était-elle justement
l'objet de la préférence de ses parents. Ceci excita l'envie
des autres. Ils se réunirent pour la maltraiter, l'appelant
enfant gâtée, et disant que, sans nul doute, leur père et
leur mère donneraient les meilleurs morceaux à leur
bien-aimée.

La pauvre Pecksy supportait tous leurs reproches avec
patience, espérant parvenir avec le temps à les ramener
à elle à force de douceur et d'affection. Mais il arriva un
jour que leur mère survint à l'improviste au milieu de
leurs railleries, et, entendant un vacarme inaccoutumé
parmi ses petits, s'arrêta sur le lierre pour en apprendre
la cause. Dès qu'elle eut compris ce dont il s'agissait,

elle fit son apparition à l'entrée du nid, indiquant par
son air qu'elle était au courant de ce qui se passait.

« Sont-ce là, dit-elle, les sentiments existant dans une
famille dont tous les membres doivent être attachés les
uns aux autres par l'affection et par le dévouement? Qui
de vous a des motifs pour reprocher à votre père ou à moi
notre partialité? Ne partageons-nous pas entre vous, avec
la plus rigoureuse équité, les fruits de notre labeur? En
quoi la pauvre Pecksy est-elle l'objet de notre préférence,
si ce n'est lorsqu'elle reçoit les louanges qui lui sont justement dues, et que vous ne cherchez pas à mériter?
A-t-elle jamais porté une seule plainte contre vous,
quoique ar son abattement, — qu'elle che che en vain
à dissimuler, — il soit évident qu'elle souffre de vos
reproches depuis plusieurs jours? Je vous ordonne posi-
tivement de changer de conduite envers elle, car le devoir
d'une mère est de protéger celui de ses nourrissons qui
est persécuté. Je la tiendrai certainement plus près encore
de mon cœur, et je vous bannirai tous de la place que
vous y avez occupée jusqu'ici, si vous vous laissez gagner
par la jalousie, au lieu de témoigner à Pecksy la tendresse qu'elle a, comme la meilleure des sœurs, le droit
d'attendre de vous. »

Robin, Dicky et Flapsy furent complètement décon-
certés par les reproches de leur mère, et Pecksy, désolée
de voir qu'ils avaient encouru son mécontentement, s'efforça avec douceur de calmer sa colère.

« Il est vrai que j'ai été malheureuse, ma chère mère,
dit-elle, mais moins que vous ne le supposez. Je suis
tentée de croire que mes chers frères et ma sœur ne par-
laient pas sérieusement en m'adressant ces reproches
sévères. Peut-être voulaient-ils seulement éprouver mon
affection. Maintenant je les prie de croire que je renon-

cerais volontiers aux plus grands plaisirs si je pouvais
par là augmenter leur bonheur ; et, loin de désirer les
meilleurs morceaux, je me contenterais de la part la plus
modeste plutôt que de priver aucun d'entre eux. »

Ce tendre discours produisit l'effet désiré. Il rappela
les sentiments affectueux qui avaient été momentanément
bannis par l'envie. Tous les petits reconnurent leur faute ;
la mère leur pardonna, et une parfaite réconciliation eut
lieu, à la grande joie de Pecksy, et, en réalité, de tout
le monde.

Toute la couvée continua pendant plusieurs jours à
prospérer, et rien n'arriva qui mérite d'être raconté. Les
petits furent bientôt couverts de plumes, que leur mère
leur apprit à arranger, leur disant que la propreté était
une chose essentielle, et pour leur santé et pour les rendre
agréables aux yeux du monde. Tout en leur recommandant d'être propres sur leur personne, elle n'oublia pas
de les mettre en garde contre la vanité et la suffisance.

« Ces défauts sont malséants chez qui que ce soit, dit-
elle, et ils ne manquent jamais d'attirer le mépris et les
humiliations sur les sots oiseaux qui les possèdent. »

Robin était un oiseau très fort et très robuste. Sa beauté
n'était pas remarquable, mais il avait une grande viva-
cité d'allures, qui dissimulait beaucoup de défauts, et il
aimait fort à se faire remarquer. Au ton de ses gazouillements son père jugeait qu'il pourrait devenir un très bon
chanteur.

Dicky était très joli, et son plumage était remarquablement beau pour son âge. Quoique sa gorge ne fût
pas encore rouge comme elle devait le devenir plus tard,
il était pourtant un charmant oiseau, et ses yeux brillaient
comme des diamants.

Flapsy aussi était très jolie, mais plus distinguée par

2*

l'élégance de sa forme que par la variété et l'éclat de ses plumes.

Pecksy était dépourvue des charmes extérieurs qui attirent l'attention, mais ils étaient amplement suppléés par ceux de son caractère. Son humeur était constamment sereine; elle était toujours attentive au bonheur de ses parents, et n'aurait pas, pour tout au monde, voulu les affliger. Son affection pour ses frères et pour sa sœur était si grande qu'elle préférait sans cesse leur intérêt au sien, comme nous en avons donné un exemple plus haut.

Leurs bons parents prenaient soin d'eux avec une vigilance incessante et faisaient leurs visites quotidiennes à Frederick et à Harriet Benson, qui leur distribuaient chaque jour très ponctuellement leur nourriture. Les rouges-gorges, rendus familiers par des faveurs réitérées, s'approchaient de jour en jour et de plus en plus de leurs petits amis, et ils s'aventurèrent enfin à entrer dans la chambre et à manger sur la table du déjeuner. Harriet en fut enchantée et Frederick tout à fait ravi. Il aurait voulu essayer d'attraper les oiseaux, mais sa mère lui dit que ce serait justement le moyen de les chasser. Harriet l'engagea à prendre garde, au contraire, de les effrayer, et il parvint à se dominer assez pour suivre ce conseil; mais il ne put s'empêcher d'exprimer le désir de les avoir dans une cage, afin de pouvoir les nourrir pendant toute la journée.

« Supposez-vous réellement, Frederick, dit Mme Benson, que ces petits êtres délicats soient assez gloutons pour désirer d'être nourris pendant toute la journée? Si vous pouviez les décider à le faire, ils mourraient bientôt. Mais ils savent ce qui leur convient, et ils cessent toujours de manger dès que leur appétit est satisfait. Plus d'un petit garçon pourrait prendre exemple sur eux. N'en connaissez-vous pas un qui serait capable de manger jusqu'à se rendre malade lorsqu'il se trouve en présence d'un gâteau ou de quelque friandise? » Frederick parut honteux, ayant conscience de son penchant trop prononcé à la gourmandise.

« Allons, fit sa mère, je vois que vous comprenez de qui je veux parler, Frederick; n'en disons donc pas davantage sur ce sujet; seulement, quand vous rencontrerez ce petit gentleman, dites-lui que je l'aime de tout mon cœur, et que je l'engage à être aussi raisonnable que les rouges-gorges. »

Le père rouge-gorge, ayant achevé son déjeuner, s'envola vers la fenêtre, suivi de sa compagne, et, dès qu'ils furent hors de vue, Mme Benson continua son discours :

« Voudriez-vous réellement enfermer dans une cage ces douces créatures, Frederick, seulement pour avoir le plaisir de les nourrir? Aimeriez-vous à rester continuellement prisonnier dans une petite chambre, et trouveriez-vous suffisant pour être heureux d'avoir à boire et à manger en abondance? N'est-ce pas un plaisir que de courir, de sauter, d'aller de place en place? N'aimez-vous pas à jouir de la société des petits garçons et des petites filles de votre âge? N'est-ce pas un plaisir que de respirer l'air pur? Quoique ces petits animaux vous soient inférieurs, ils sont, sans aucun doute, capables de ressentir de pareilles joies. Ce doit être une terrible existence pour un pauvre oiseau que d'être confiné dans une cage, où il ne peut presque pas faire usage de ses ailes, où il est séparé de ses compagnons naturels, et où il lui est impossible de jouir de la fraîcheur que l'air lui apporte lorsqu'il a la liberté de voler à une grande hauteur. Mais ce n'est pas tout. Beaucoup de malheureux oiseaux sont pris et séparés de leur famille après qu'ils ont travaillé à construire un nid, où ils peuvent avoir laissé des œufs, et même des petits, qui sont alors voués à une mort certaine. Il est probable que ces rouges-gorges ont justement des petits, car c'est la saison où ils font habituellement leur nid ; je suis d'autant plus portée à le supposer qu'ils viennent toujours ensemble.

— S'il en est ainsi, dit miss Harriet, ce serait, en vérité, grand dommage de s'emparer d'eux. Mais, maman, s'il est mal d'attraper des oiseaux, pourquoi reteniez-vous autrefois des serins en cage ?

— Le cas est très différent pour les serins, ma chère, répondit Mme Benson. En les gardant en cage je leur rendais service. Je les considérais comme de petits étrangers qui avaient droit à mon hospitalité. Cette sorte d'oiseau est originaire d'un pays chaud ; les serins sont, de leur nature, très sensibles au froid, et ils périraient pendant nos hivers s'ils les passaient en plein air. La nourriture qui leur convient ne se trouve pas partout en abondance dans notre pays ; et comme ils sont toujours élevés en cage, ils ne sauraient comment se procurer au dehors les matériaux nécessaires à la construction de leurs nids. Il y a encore une autre cause qui les rend très malheureux lorsqu'ils sont égarés, c'est la persécution dont ils sont l'objet de la part des autres oiseaux. Je me rappelle d'avoir vu une fois un pauvre serin qu'on avait chassé parce qu'il ne pouvait pas chanter, et je vous assure qu'aucune créature n'aurait pu être plus misérable. Il était mourant de faim, souffrant de la soif, tremblant de froid, et semblait absolument terrifié, tandis qu'une troupe de moineaux et de pinsons le poursuivaient de place en place, ricanant, gazouillant et l'insultant de toute manière. Je ne pus m'empêcher de considérer la

Le serin persécuté.

petite créature comme un étranger récemment arrivé de quelque pays lointain, et poursuivi par une troupe grossière de gens le ridiculisant parce que son costume et son langage leur paraissaient étranges.

— Et que devint la pauvre petite bête, chère maman? demanda Harriet.

— J'allais vous le dire, ma chère, répliqua Mme Benson. Je me fis apporter par un domestique une cage avec de la graine et de l'eau à leurs places habituelles, et je la fis suspendre à un arbre voisin de celui dans lequel le petit malheureux s'efforçait vainement de se cacher parmi les feuilles pour échapper à ses cruels persécuteurs. Le domestique ne se fut pas plus tôt éloigné que le pauvre petit oiseau entra dans la cage, que j'apportai immédiatement dans le parloir. Là, je ressentis un grand plaisir en observant le bonheur que la pauvre créature éprouvait de sa délivrance. Je le gardai pendant plusieurs années; mais, regrettant de le tenir prisonnier dans une petite cage, j'en achetai une grande, où je mis avec lui un autre oiseau de son espèce. Je leur donnai les matériaux nécessaires pour construire un nid, et j'eus bientôt une petite colonie. Mes pensionnaires devinrent enfin si nombreux que j'en fis présent à M. Bruce, pour les placer dans un grand enclos de fil de fer, appelé volière, où il les garde avec d'autres, et où vous les avez vus très heureux. Maintenant j'espère vous avoir amplement fait comprendre les raisons qui m'ont décidée à garder des serins en cage.

— Je vous remercie, chère maman, dit Harriet; nous les comprenons, en effet, très bien.

— J'ai aussi, reprit Mme Benson, gardé exceptionnellement des alouettes. Pendant les hivers rigoureux un grand nombre d'entre elles viennent de pays plus froids

se réfugier dans nos contrées, et la plupart périssent. On
en tue une grande quantité, que l'on vend pour la table;
les oiseleurs en ont habituellement beaucoup de vivantes,
et les gamins paresseux en attrapent aussi pour en faire
commerce. J'en ai souvent acheté, comme vous le savez,
Harriet; mais au retour du beau temps je leur ai toujours rendu la liberté. Maintenant allez, mes chéris, vous
préparer pour votre promenade du matin, et vous viendrez ensuite me rejoindre dans mon cabinet de toilette.

— Je me demande, dit Frederick, où est le nid de nos
rouges gorges. J'observerai demain dans quelle direction
ils s'envolent, car j'aimerais à voir leurs petits.

— Et que feriez-vous si vous les trouviez? demanda
sa mère. J'espère que vous ne prendriez pas le nid?

— Pourquoi? répliqua Frederick; j'aimerais à l'apporter ici et à le placer dans un arbre près de la maison;
et alors je mettrais par terre des miettes pour que les
parents pussent nourrir les petits.

— Votre intention est bonne, dit Mme Benson; mais
elle serait funeste à vos petits favoris. La frayeur pousse
beaucoup d'oiseaux à abandonner leurs nids lorsqu'on les
change de place; je désire donc que vous les laissiez
tranquilles si le hasard vous fait les rencontrer. »

Harriet dit alors qu'il fallait, à son avis, être vraiment
cruel pour prendre les nids d'oiseaux.

« Ah! ma chère, dit Mme Benson, ceux qui commettent
une action si barbare sont tout à fait insensibles au mal
qu'ils causent. Il est bien vrai que nous ne devons pas
accorder aux animaux la même pitié et la même affection
qu'à nos semblables, c'est-à-dire aux hommes, aux
femmes ou aux enfants; mais, comme toute créature
vivante peut sentir la douleur, nous devons constamment
avoir égard à ses sensations et essayer de la rendre heu-

reuse au lieu d'être la cause de son malheur. Maintenant, allez, mes chéris, faire votre promenade. »

Mme Benson les quitta pour vaquer à ses occupations habituelles du matin ; puis la jeune demoiselle et le jeune gentleman, accompagnés de leur bonne, passèrent dans le jardin une agréable demi-heure.

CHAPITRE V

La couvée est effrayée. — Joe le jardinier.

Pendant ce temps la mère rouge-gorge retournait au nid, tandis que son compagnon volait cher her la nourriture de la famille. En approchant elle fut surprise de ne pas entendre comme à l'ordinaire les gazouillements de ses petits; son étonnement augmenta en les voyant tous pressés les uns contre les autres et tremblant de crainte.

« Qu'y a-t-il, mes enfants, dit-elle, pour que je vous trouve dans cette terreur?

— Oh! ma chère mère! cria Robin, qui s'aventura le premier à lever la tête, est-ce vous? »

Pecksy alors se ranima et pria sa mère d'entrer dans le nid. Elle le fit sans délai, et les petits trembleurs se glissèrent sous ses ailes, s'efforçant de se cacher dans cette douce retraite.

« Qui vous a effrayés ainsi? demanda-t-elle.

— Oh! je ne sais pas, répliqua Dicky; mais nous avons vu un monstre tel que je n'en avais jamais rencontré jusqu'ici.

— Un monstre, mon chéri? Je vous en prie, décrivez-le-moi.

— Je ne le puis, reprit Dicky; il était trop effroyable pour pouvoir être décrit.

— Effroyable, en vérité! s'écria Robin; mais je l'ai parfaitement vu, et je vais vous le décrire de mon mieux. Nous étions tous paisiblement dans le nid, et nous nous trouvions très heureux ensemble. Dicky et moi nous essayions de chanter, lorsque soudain nous entendîmes un bruit contre le mur, et aussitôt une face grande, ronde et rouge apparut devant le nid; elle avait d'énormes yeux fixes, un très gros bec, et au-dessous une large bouche, avec deux rangées d'os, qui semblaient devoir nous mettre tous en pièces en un instant. Sur le sommet de cette face ronde, et en bas de chaque côté pendait quelque chose de noir, mais qui ne ressemblait pas à des plumes. Quand les deux yeux nous eurent regardés pendant quelque temps, tout disparut.

— Je ne puis comprendre d'après votre description ce que cette chose devait être, Robin, dit la mère. Mais elle viendra peut-être encore.

— Oh! j'espère que non! s'écria Flapsy; je mourrais de peur si cela arrivait!

— Pourquoi donc, mon amour? demanda la mère. Est-ce que cela vous a fait quelque mal?

— Non, je ne puis le dire, répondit Flapsy.

— Eh bien, alors, vous avez grand tort, ma chérie, de vous laisser aller à de telles craintes. Il faut essayer de dominer cette disposition à la timidité. Quand vous sortirez dans le monde, vous verrez beaucoup d'objets étranges; et si vous êtes terrifiée à l'aspect de chaque chose que vous ne pourrez comprendre, vous mènerez une existence malheureuse. Efforcez-vous d'être bonne,

et alors vous ne devrez rien craindre. Mais voici votre
père : peut-être sera-t-il capable d'expliquer l'apparition
qui vous a tant alarmés aujourd'hui. »

Aussitôt que leur père eut donné le ver à Robin, il se
prépara à partir de nouveau pour en aller chercher un
autre; mais, à sa grande surprise, les petits le prièrent
de rester au logis et de veiller sur eux.

« Rester au logis et veiller sur vous! dit-il; pourquoi
ceci est-il plus nécessaire maintenant qu'à l'ordinaire? »

La mère, alors, lui fit part de la circonstance qui
avait motivé cette requête.

« Quelle absurdité! Un monstre! grands yeux, large
bouche, long bec : je ne puis comprendre une pareille
farce! D'ailleurs, puisque cela ne leur a fait aucun mal,
pourquoi sont-ils aussi effrayés, maintenant que c'est
parti?

— Ne vous fâchez pas, alors, père, dit Pecksy; car
c'était, en vérité, épouvantable.

— Eh bien, je vais faire en volant le tour du verger,
et peut-être rencontrerai-je ce monstre.

— Oh! il vous mangera! il vous mangera! dit Flapsy.

— Ne craignez rien, » répondit-il.

Et il prit son vol.

Alors la mère s'efforça encore de rassurer ses petits;
mais ce fut en vain. Leur terreur était maintenant dou-
blée par leur inquiétude pour la sûreté de leur père.
Cependant, à leur grande joie, il fut bientôt de retour.

« Eh bien, dit-il; j'ai vu ce monstre. »

Les petits se pressèrent alors contre leur mère, craignant que la terrible créature ne fût près d'eux.

« Quoi! vous avez encore peur? s'écria-t-il. C'est, en
vérité, une troupe de cœurs vaillants que j'ai dans mon
nid! Eh bien, quand vous voltigerez dans le monde,

vous verrez, selon toute probabilité, des centaines de pareils monstres, comme vous les appelez, à moins que vous ne préfériez vivre dans la solitude; encore, même dans les bois ou dans les champs vous pourrez en rencontrer quelques-uns, et ceux-là sont de l'espèce la plus malfaisante.

— Je commence à comprendre, dit la mère, que ces chers petits ont vu la face d'un homme.

— Justement, répliqua le père; c'est un homme, « notre ami le jardinier, » qui les a tant alarmés.

— Un homme! s'écria Dicky. Cette chose effroyable était un homme?

— Rien de plus, je vous assure, répondit le père; et même un brave homme. J'ai des motifs de le suppos-r, car il a grand soin de ne pas effrayer votre mère et moi lorsque nous becquetons des vers, et il nous a souvent jeté des miettes lorsqu'il prenait son déjeuner.

— Vit-il dans ce jardin? demanda Flapsy.

— Il travaille ici très souvent, répondit son père; mais il est fréquemment absent.

— Oh! alors, s'écria-t-elle, attendez qu'il soit loin pour nous faire sortir, car, en vérité, je ne pourrais supporter sa vue!

— Vous êtes une petite niaise, dit le père, et si vous ne vous efforcez pas de montrer plus de résolution, je vous laisserai seule dans le nid pendant que j'apprendrai à vos frères et à votre sœur à voler et à becqueter. Que ferez-vous alors? Vous ne pouvez pas espérer que nous les quitterons pour vous apporter à manger. »

Flapsy, craignant que son père ne fût tout à fait fâché, promit de suivre ses conseils en toute occasion; et les autres, ranimés par les encouragements paternels, commencèrent à recouvrer leur présence d'esprit.

CHAPITRE VI

Joe annonce la découverte du nid. — Le passé des rouges-gorges.

Tandis que les habitants du nid étaient en proie aux terribles émotions relatées dans le chapitre précédent, le monstre, — qui n'était autre que l'honnête Joe, le jardinier, — vint à la maison et demanda à parler au jeune maître et à la jeune demoiselle, ayant, à ce qu'il supposait avec raison, une agréable nouvelle à leur communiquer.

Le jeune gentleman et la jeune demoiselle accoururent tous deux, pensant qu'il leur apportait quelque fruit ou quelque fleur.

« Eh bien, Joe, fit Harriet, qu'avez-vous à nous dire? Avez-vous cueilli une pêche ou un brugnon? ou m'apportez-vous un pied d'œillet de poète?

— Non, miss Harriet, répliqua Joe; mais ce que j'ai à vous dire vous plaira tout autant.

— Qu'est-ce que c'est? qu'est-ce que c'est? cria Frederick.

— Voilà ce que c'est, monsieur Frederick, reprit Joe.

J'ai remarqué dernièrement un couple de rouges-gorges qui venaient très souvent à la même place dans le verger, et j'ai supposé que ces oiseaux y avaient un nid. Donc je veillai et guettai, et enfin je vis la mère voler dans une crevasse de la muraille couverte de lierre. J'avais envie de prendre mon échelle et d'y regarder ; mais, comme Monsieur m'a recommandé de ne pas effrayer les oiseaux, j'ai attendu jusqu'à ce que les vieux fussent partis de nouveau. Alors je suis monté, et j'ai vu les petites créatures, déjà toutes couvertes de plumes. Si vous et miss Harriet pouvez venir avec moi, je vous les montrerai, car le nid n'est pas à une grande distance de terre, et vous pouvez aisément monter à l'échelle. »

Frederick ne se sentait pas de joie ; il était persuadé que les rouges-gorges dont il s'agissait étaient précisément ceux qu'il aimait tant, et, comme un petit garçon étourdi qu'il était, il serait immédiatement parti avec le jardinier, si sa sœur ne lui eût rappelé qu'ils devaient avant tout en demander la permission. Elle dit donc à Joe qu'elle le préviendrait lorsqu'ils l'auraient obtenue.

Quand les rouges-gorges eurent calmé les craintes de leur jeune famille, et qu'ils eurent fait, comme à l'ordinaire, la distribution de nourriture, ils se retirèrent sur un arbre, en recommandant aux petits de ne pas s'effrayer si le monstre venait les regarder encore, comme il le ferait très probablement. Ceux-ci promirent d'en supporter la vue du mieux qu'ils pourraient.

« Il est temps, dit le père quand tous les deux furent placés dans l'arbre, de faire sortir nos petits. Vous voyez, mon amie, combien ils sont craintifs ; si nous ne les habituons pas un peu au monde, ils ne seront jamais capables de se suffire à eux-mêmes.

— C'est vrai, répliqua la mère. Ils sont maintenant

Causerie sur le temps passé.

3

complètement couverts de plumes ; nous pourrons donc, si vous le voulez, les faire sortir dès demain; mais il faut les y préparer.

— Une des meilleures manières de les préparer, répliqua son compagnon, sera de les laisser un peu seuls. Nous allons donc faire ensemble une promenade dans les airs, et ensuite nous reviendrons. »

La mère obéit, mais elle était impatiente de retourner près de sa chère famille.

Ils s'arrêtèrent sur un arbre pour prendre un peu de repos.

« L'année dernière, dit la mère, j'ai eu le malheur de voir mes petits enlevés par de cruels enfants avant même qu'ils eussent toutes leurs plumes; et ce souvenir me rend maintenant si craintive que l'inquiétude me prend dès que je m'éloigne du nid.

— J'ai éprouvé un malheur analogue, répliqua le père, et je ne l'oublierai jamais. J'avais pris mon vol dans les bois afin de chercher quelque friandise pour un de mes petits. En revenant à l'endroit que j'avais imprudemment choisi pour m'y établir, je fus d'abord alarmé par l'aspect d'une partie de mon nid éparpillée sur le sol devant l'entrée de mon habitation. Je vis ensuite dans la muraille une large ouverture là où j'avais auparavant juste la place de passer. Je m'arrêtai avec un battement de cœur, dans l'espoir d'entendre les gazouillements de ma famille bien-aimée. Tout était silencieux. Je résolus alors d'entrer ; mais quelles furent mon horreur et mon affliction en trouvant que le nid, construit avec tant de travail par ma chère compagne et par moi, ainsi que les chers petits qui faisaient la joie de notre existence, avaient été enlevés! J'ignorais cependant si la tendre mère avait été prise en même temps. Je m'élançai au dehors, affolé par la crainte des souffrances que les miens devaient supporter, déplorant ma faiblesse, qui me rendait incapable de les délivrer. Mais, réfléchissant que ma chère compagne devait, selon toute probabilité, s'être échappée, je résolus d'aller à sa recherche. Comme je voltigeais çà et là, j'aperçus trois petits garçons dont l'aspect n'avait rien de désagréable. L'un d'eux tenait dans sa main le nid avec mes petits, qu'il considérait avec une joie cruelle. Ses compagnons semblaient partager son ravissement. Les chers petits, insensibles à leur sort, — car ils étaient nouvellement éclos, — ouvraient leur bec, s'attendant à être nourris par moi ou par leur mère, mais en vain. Si j'avais essayé de les nourrir en ce moment, je me serais exposé à une mort certaine ; mais je résolus de suivre les barbares, afin de savoir du moins à quel endroit mes mignons seraient conduits.

« La petite troupe arriva à une maison, et le garçon qui portait le nid le confia à la garde d'un autre ; il revint bientôt avec une sorte de nourriture qui m'était totalement inconnue, et mes petits en furent bourrés dès qu'ils ouvrirent le bec pour demander à manger. La faim les décida à l'avaler ; mais, peu de temps après, privés de la chaleur de leur mère, ils poussèrent tous des cris qui me percèrent le cœur. Immédiatement le nid fut emporté, et je ne pus jamais découvrir ce qu'étaient devenus mes petits, quoique, dans l'espoir de les voir, je vinsse fréquemment voltiger autour du fatal endroit où ils étaient emprisonnés.

— Dites-moi, je vous prie, dit la mère rouge-gorge, qu'arriva-t-il à votre compagne ?

— Eh bien, ma chère, fit-il, lorsque je compris qu'il m'était impossible de venir en aide à mes petits, je continuai ma course, et je cherchai leur mère dans tous les

endroits où nous allions habituellement; mais mes re-
cherches furent vaines. Je retournai enfin au buisson, où
m'attendait, en vérité, le spectacle le plus affligeant :
celui de ma bien-aimée compagne gisant sur le sol et
près d'expirer.

« Je volai aussitôt vers elle, et je m'efforçai de la rappeler à la vie. Au son de ma voix, elle entr'ouvrit ses
yeux, et dit :

« — Et vous, du moins, êtes-vous sauf, mon ami?
Que sont devenus nos petits? »

« Dans l'espoir de la ranimer, je lui dis que j'espérais
qu'ils étaient vivants et heureux.

« — Vos consolations viennent trop tard : le coup est
porté. Je sens la mort approcher. Lorsqu'on m'a enlevé
mes petits et que je me suis crue séparée à la fois de mes
enfants et de leur père, j'ai éprouvé une douleur au-
dessus de mes forces. Oh ! comment les enfants peuvent-
ils commettre de gaieté de cœur de pareilles cruautés ! »

« Alors l'agonie commença, et, après quelques con-
vulsions, elle rendit le dernier soupir, me laissant veuf
et malheureux. Je passai le reste de l'été et le rigoureux
hiver qui lui succéda d'une façon très peu agréable,
quoique la gaieté particulière à ma nature ne me permît
pas de m'abandonner pendant longtemps à la douleur.
Au printemps suivant, je résolus de chercher une autre
compagne, et j'eus l'heureuse chance de vous rencontrer,
vous dont l'aimable caractère me rendit le bonheur.
Maintenant, ma chère, ajouta-t-il, permettez-moi de
vous demander ce que devint votre premier compagnon.

— Eh bien ! répliqua la mère rouge-gorge, peu de
temps après la perte de notre nid, et tandis qu'il s'efforçait d'apprendre ce qu'était devenue notre famille, un
cruel épervier s'empara de lui et le dévora en un instant.

Je n'ai pas besoin de vous dire que sa perte me causa la plus amère douleur. Je menai une vie solitaire jusqu'au moment où votre affection m'a rendu de nouveau l'existence agréable. »

Dès que Mme Benson revint vers ses enfants, Frederick courut à elle en disant :

« Bonne nouvelle, bonne nouvelle, maman ! Joe a trouvé le nid des rouges-gorges !

— Est-il vrai ? demanda Mme Benson.

— Oui, maman, fit Harriet ; et, si vous y consentiez, nous serions heureux d'accompagner Joe pour le voir.

— Mais comment y parviendrez-vous ? demanda la dame ; car je suppose qu'il est à quelque distance du sol ?

— Oh ! je puis très bien grimper à l'échelle ! s'écria Frederick.

— Vous, grimper à l'échelle ? Oh ! je sais que vous êtes un gentleman très habile pour grimper ; mais avez-vous l'intention de monter aussi, Harriet ?

— Joe m'a dit que le nid n'est pas du tout loin de la terre, maman, répondit Harriet. Mais, si je vois qu'il en est autrement, vous pouvez être sûre que je ne monterai pas.

— A cette condition je vous permettrai d'y aller, reprit Mme Benson. Mais, je vous prie, Frederick, rappelez-vous qu'il ne faut pas effrayer vos petits favoris.

— Je ne le voudrais pas pour tout au monde ! » dit Frederick.

En parlant ainsi il bondit de joie, et courut devant sa sœur pour rejoindre Joe.

« Nous pouvons aller, nous pouvons aller, Joe ! cria-t-il.

— Attendez-moi, Joe, je vous prie, » fit Harriet, qui les rejoignit à ce moment.

CHAPITRE VII

Les enfants vont voir le nid. — Ils sont aperçus par les vieux
oiseaux.

Dès que Joe sut que les jeunes maîtres, comme il les
appelait, avaient obtenu la permission de l'accompagner,
il prit Frederick par la main et dit :

« Venez, mon jeune maître. »

L'impatience de Frederick était si grande qu'il pouvait à peine s'empêcher de courir tout le long du chemin ;
mais sa sœur l'engagea à ne pas trop s'échauffer.

Ils arrivèrent enfin au but désiré. Joe plaça l'échelle,
et son jeune maître, avec un peu d'aide, y grimpa très
lestement. Il serait impossible de décrire son ravissement
en contemplant la couvée.

« Oh ! les mignonnes créatures ! s'écria-t-il. Je vous
annonce qu'ils sont quatre ! Je n'ai encore jamais vu de
nid aussi joli ! Je voudrais pouvoir apporter tous ces
petits à la maison !

— Vous vous en garderez bien, Frederick, dit sa
sœur, et je vous prie de descendre, car vous allez, ou ter-

rifier les petits, ou alarmer les parents, qui peut-être attendent ici près pour les nourrir.

— Eh bien ! je descends tout de suite, dit Frederick. Adieu donc, rouges-gorges ; j'espère que vous viendrez bientôt avec votre père et votre mère pour recevoir votre nourriture chez nous. »

Il descendit alors, avec l'aide de son ami Joe.

Celui-ci s'adressa à Harriet :

« Maintenant, ma jeune maîtresse, dit-il, voulez-vous monter ? »

Comme les degrés de l'échelle étaient larges et que le nid n'était pas élevé, miss Benson s'aventura à monter et fut aussi enchantée que son frère. Mais elle craignait tant d'effrayer les petits oiseaux et d'alarmer les vieux, qu'elle se permit à peine de jeter un coup d'œil sur le nid. Frederick lui demanda comment elle trouvait les jeunes rouges-gorges.

« Ce sont de charmantes petites bêtes, répondit-elle, et j'espère que ces petits viendront bientôt se joindre à notre troupe d'oiseaux, car ils me paraissent prêts à voler. Mais rentrons à la maison, car vous savez que nous avons promis de ne pas rester longtemps. D'ailleurs, nous dérangeons Joe de son travail.

— Ne vous préoccupez pas de ceci, dit le brave homme ; le maître ne sera pas fâché, j'en suis certain ; mais, si je pensais qu'il dût l'être, je travaillerais ce soir une heure de plus pour réparer le temps perdu.

— Je vous remercie, Joe, répliqua Harriet ; je suis sûre que mon père ne le souffrirait pas. »

A ce moment, Frederick aperçut les deux rouges-gorges qui revenaient de leur excursion, et il les fit remarquer à sa sœur. Il aurait vivement désiré rester pour voir s'ils retourneraient à leur nid ; mais Harriet s'y re-

Visite d'Hamlet au nid.

3*

fusa absolument, de peur de contrarier sa mère et d'effrayer les oiseaux. Frederick dut donc la suivre, malgré sa répugnance, et Joe les reconduisit à la maison.

Dès qu'ils se furent éloignés, la mère rouge-gorge proposa de retourner au nid. Elle avait remarqué les enfants; quoiqu'elle ne les eût pas vus regarder dans son habitation, elle supposait que, étant si près, ils avaient pu y jeter un coup d'œil, et elle fit part de ses soupçons à son compagnon. Celui-ci partagea son opinion et dit qu'il s'attendait à entendre maintenant les petits raconter une belle histoire.

« Retournons, fit la mère, car peut-être ont-ils encore été effrayés.

— Bien! dit-il, j'irai avec vous; mais je vous conseille, ma chère, de ne pas encourager leur poltronnerie, car, par là, vous leur feriez certainement un grand tort.

— Je ferai de mon mieux, » répliqua-t-elle, en s'envolant vers le nid, suivie par son compagnon.

Elle s'abattit sur le lierre, et, regardant dans le nid, demanda comment allaient tous les petits.

« Très bien, chère mère, répondit Robin.

— Quoi! s'écria le père, qui arriva seulement alors, tous sains et saufs? pas un de vous n'a été mangé par le monstre?

— Non, père, reprit Dicky, nous ne sommes pas dévorés. Pourtant je vous assure que le monstre que nous avions déjà vu est encore venu ici et en a amené deux autres avec lui.

— Deux autres? Quoi! tout semblables à lui-même? dit le père. Je pensais, Flapsy, que vous seriez morte de peur en le revoyant?

— Je crois qu'il en aurait été ainsi, mon bon père, dit Flapsy, si vous ne m'aviez point appris à surmonter ma frayeur. Dès que j'ai aperçu sa tête, mon cœur a commencé à battre si fort que j'étais prête à mourir et que chacune de mes plumes en tremblait ; mais, comme il ne resta qu'un instant, je me remis, espérant qu'il était tout à fait parti. Je crois que mes frères et ma sœur avaient éprouvé la même impression que moi. Nous nous rassurions mutuellement en nous disant que le danger avait disparu pour aujourd'hui, et nous prenions tous la résolution de vivre tranquilles, sans craindre ce monstre, puisque vous nous aviez assuré qu'il était très inoffensif.

« Cependant, avant que nous fussions complètement revenus à nous-mêmes, nous entendîmes des bruits très extraordinaires. Tantôt c'était un son rude, désagréable à nos oreilles comme les coassements d'un corbeau, et tantôt un bruit aigu, qui ne ressemblait à la voix d'aucun des oiseaux que nous connaissons. Presque aussitôt nous aperçûmes quelque chose qui ressemblait un peu au monstre, mais qui était beaucoup moins grand et moins effrayant.

« Au lieu d'être complètement rouge, cela avait sur chaque côté une place rosée, d'une nuance plus jolie que la poitrine de papa ; le reste était du blanc le plus délicat, à l'exception de deux lignes d'un rouge vif comme les cerises que vous nous avez apportées l'autre jour, et, entre ces deux lignes, étaient deux rangées d'os blancs, mais nullement effrayants à contempler, comme ceux du grand monstre. Les yeux étaient bleus et blancs, et autour de cette agréable face il y avait quelque chose que je ne puis décrire, très joli, et aussi éclatant que les plumes d'un chardonneret. L'aspect de cette créature était si enjoué et si agréable à la fois, que tout en étant, je l'avoue, assez effrayée, j'avais cependant plaisir à la regarder. Mais ceci disparut après être resté très peu de temps. Tandis que nous nous efforcions de deviner ce que c'était, une autre créature, plus grande que celle-ci, apparut devant nous, tout aussi jolie, et ayant l'air si bon, si doux, que nous en étions tous charmés. Mais, comme si cela avait craint de nous alarmer en restant, cela se retira immédiatement, et nous avons attendu avec impatience votre retour et celui de ma mère, dans l'espoir que vous pourrez nous dire ce que nous avons vu.

— Je suis heureuse, mes chéris, dit la mère, de vous trouver plus raisonnables que je ne l'espérais, car, tandis que votre père et moi nous volions ensemble pour revenir près de vous, nous avons aperçu le monstre et les deux jolies créatures que Flapsy a décrites. Le premier est, comme votre père vous l'a déjà dit, notre ami le jardinier ; les autres sont nos jeunes bienfaiteurs, par la libéralité desquels nous sommes nourris chaque jour, et qui, j'ose le dire, ne vous feront pas de mal. Vous ne pouvez vous imaginer avec quelle bonté ils nous traitent, et, quoiqu'il y ait là un grand nombre d'autres oiseaux qui ont part à leurs dons, votre père et moi nous sommes favorisés par eux d'une façon toute particulière.

— Oh ! dit Pecksy, ces jolies créatures sont-elles vos amies ? Je voudrais déjà sortir pour les voir encore !

— Eh bien ! s'écria Flapsy, je m'aperçois qu'en jugeant d'après les apparences nous pouvons souvent nous tromper. Qui aurait jamais pensé qu'un monstre aussi affreux que ce jardinier pourrait avoir un tendre cœur ?

— C'est très vrai, répliqua la mère. Vous devez, Flapsy, vous faire une loi de juger les autres d'après leurs actions et non d'après leur apparence. J'ai connu des êtres dont l'aspect était aussi agréable que celui de nos jeunes bienfaiteurs, et qui étaient cependant assez barbares pour enlever les œufs d'un nid et pour les bri-

ser, ou même pour enlever le nid et la couvée avant que
les petits eussent des plumes, sans savoir comment les
nourrir, sans avoir aucun égard à la douleur des malheureux parents.

— Oh ! quels dangers il y a dans le monde ! s'écria
Pecksy. Je redoute de quitter le nid.

— Pourquoi cela, mon amour ? demanda la mère. Tous
les oiseaux ne rencontrent pas des vautours ou de cruels
enfants. Vous avez déjà, sans quitter le nid, vu des mil-
lions d'êtres de la race ailée, d'une espèce ou d'une autre,
faisant, pleins de joie et de gaieté, leurs excursions
aériennes. Ce verger est constamment animé par les mélodies de ceux qui envoient dans les airs leurs joyeuses
cadences. Je crois qu'il n'y a pas au monde d'êtres plus
heureux que les oiseaux, car nous sommes naturellement formés pour la gaieté, et je suis persuadée qu'avec
de la prudence, en suivant les conseils que notre expérience nous permet de vous donner, vous éviterez les
dangers auxquels la race ailée est exposée.

— Au lieu de vous laisser aller à la crainte, Flapsy,
dit le père, rassemblez tout votre courage, car demain
vous ferez, ainsi que vos frères et votre sœur, votre
entrée dans le monde. »

Dicky témoigna une grande joie à cette nouvelle, et
Robin se vanta de ne plus ressentir la moindre crainte.
Flapsy, quoiqu'elle eût toujours peur des monstres, était
impatiente de connaître les plaisirs du monde, et Pecksy
désirait se conformer à tous les désirs de ses chers parents. L'approche du soir leur rappela alors qu'il était
temps de prendre du repos, et, plaçant sa tête sous son
aile, chacun des oiseaux céda bientôt à la douce puissance du sommeil.

CHAPITRE VIII

Edward et Lucy Jenkins. — Trois nids d'oiseaux. — Réprimande
de Mme Benson.

Frederick et Harriet, en revenant à la maison, conduits
par leur ami Joe, après avoir joui de la vue du nid de
rouges-gorges, rencontrèrent dans le jardin leur mère,
accompagnée de miss Lucy Jenkins et de son frère
Edward. La première était une jolie fillette âgée de dix
ans à peu près; le second, un rude et robuste garçon de
onze ans.

« Nous venions vous chercher, mes chéris, dit Mme Benson à ses enfants, car je craignais que l'affaire dont vous
étiez occupés ne vous fît oublier vos jeunes visiteurs.

— Je ne saurais répondre pour Frederick, repartit
Harriet, mais je vous assure que rien ne pourrait me
faire négliger mes amis. Comment vous portez-vous,
chère miss Jenkins? ajouta-t-elle. Je suis heureuse de
vous voir. Voulez-vous venir avec moi dans la chambre
de récréation? J'ai reçu plusieurs livres très jolis. Frederick, n'avez-vous rien à montrer à M. Jenkins?

— Oh! si, dit Frederick : j'ai quelques petits livres que mon oncle m'a donnés parce que j'avais été attentif pendant mes leçons, et ils contiennent un grand nombre de jolies images; mais je préférerais retourner dans le verger et lui montrer les rouges-gorges.

— Les rouges-gorges! fit Jenkins. Quels rouges-gorges?

— Eh bien! nos rouges-gorges, qui ont fait leur nid dans la muraille au lierre! Jamais de votre vie vous n'avez rien vu d'aussi joli que les petits!

— Oh! je puis voir assez d'oiseaux à la maison! dit Jenkins. Mais pourquoi n'avez-vous pas pris le nid? Vous vous seriez amusé avec les jeunes oiseaux. J'ai eu beaucoup de nids cette année, et je crois que je possède une centaine d'œufs.

— Une centaine d'œufs! et comment pourrez-vous les faire éclore? s'écria Harriet, qui se retourna en l'entendant parler ainsi.

— Les faire éclore? dit-il. Qui a jamais songé à faire éclore des œufs d'oiseaux?

— Oh! alors vous les mangez? dit Frederick ; ou peut-être vous les donnez à votre cuisinier pour en faire un pudding?

— Non, en vérité, répliqua Edward Jenkins. Je les perce, je souffle leur contenu dehors, puis je passe dedans un fil, et je les donne à Lucy pour les suspendre parmi ses curiosités. C'est très joli, je vous assure.

— Quoi! dit Harriet, vous aimez mieux voir un fil couvert de coquilles d'œufs vides que d'entendre un doux concert d'oiseaux chantant sur les arbres! Vraiment, j'admire votre goût!

— Eh bien, quoi! Il n'y a aucun mal à prendre des œufs d'oiseaux! dit miss Jenkins. Du moins, jusqu'à présent, je ne l'ai jamais entendu dire.

— Ma chère maman, reprit Harriet, m'a appris à trouver qu'il y a du mal dans toute action qui fait souffrir une créature vivante, et j'avoue que je porte aux oiseaux une affection toute particulière.

— Quant à moi, dit miss Jenkins, je n'ai aucune notion de pareilles affections. Quelquefois, il est vrai, j'ai essayé d'élever les oiseaux qu'Edward apporte à la maison ; mais ils me dérangent, me donnent de l'embarras, et j'ai rarement réussi. S'il faut dire la vérité, j'avouerai que je ne m'occupe pas beaucoup d'eux : s'ils vivent, ils vivent ; s'ils meurent, ils meurent. Il m'a apporté aujourd'hui même trois nids pour m'amuser. J'avais voulu nourrir les oiseaux avant de partir ; mais, en me hâtant pour venir vous voir, je les ai tout à fait oubliés. Les avez-vous nourris, Edward ?

— Non, dit-il ; je pensais que vous le feriez : c'est assez pour moi de trouver les nids.

— Avez-vous donc laissé chez vous trois nids de jeunes oiseaux sans nourriture ? s'écria Harriet.

— Je n'ai pas songé à eux ; mais je leur donnerai à manger quand je rentrerai, dit miss Jenkins.

— Oh ! reprit miss Benson, je ne puis supporter l'idée de ce que les pauvres petites créatures doivent souffrir !

— Eh bien ! fit Edward, puisque vous vous intéressez tant à eux, miss Harriet, vous serez pour eux la meilleure des nourrices. Qu'en dites-vous, Lucy ? voulez-vous donner les nids à miss Benson ?

— De tout mon cœur, répliqua sa sœur, et je vous prie, dorénavant, de ne plus m'en apporter pour jouer.

— Je ne sais pas si ma mère me permettra de les accepter, dit Harriet ; mais, si elle y consent, j'en serai très heureuse. »

Frederick demanda de quelles espèces étaient les oi-

seaux, et M. Jenkins lui apprit qu'il y avait un nid de
linottes, un nid de moineaux et un nid de merles. Frederick était tout à l'impatience de les voir, et Harriet
aurait déjà voulu avoir en sa possession les petites créatures pour les délivrer de leur terrible situation et adoucir
les souffrances de la captivité qu'ils subissaient maintenant.

Sa mère l'avait laissée seule avec ses jeunes compagnons, afin qu'ils pussent se livrer sans contrainte à d'innocents amusements; mais le bon cœur d'Harriet ne lui
permit pas d'entamer aucun jeu avant d'avoir intercédé
en faveur des pauvres oiseaux. Elle pria donc miss Jenkins de l'accompagner à la maison, afin de demander la
permission d'accepter les nids. Celle-ci ayant consenti,
Harriet présenta sa requête à Mme Benson, qui accorda
volontiers la permission désirée, en disant cependant
qu'elle n'aimait point que ses enfants eussent des nids
d'oiseaux, mais que, pour cette fois, elle ne voulait
pas repousser la demande de sa fille. Harriet avait évité
de rien dire qui pût donner de son amie une mauvaise
opinion; mais Mme Benson, douée d'un grand discerne-
ment, comprit que sa requête était inspirée par un sentiment charitable, et, sachant que Lucy Jenkins n'avait
pas de tendre mère qui pût lui donner des conseils, elle
lui parla en ces termes :

« Je devine, ma jeune amie, qu'Harriet craint de votre
part pour les oiseaux un traitement moins doux que
celui qu'ils trouveront près d'elle. Je ne puis croire qu'il
y ait dans votre nature aucune disposition à la cruauté;
mais peut-être êtes-vous accoutumée à considérer les
oiseaux seulement comme des jouets, incapables d'é-
prouver aucune sensation ni aucun sentiment. Moi, qui
suis une grande admiratrice de ces belles petites créatures,

je les considère d'une façon toute différente, et je puis
vous assurer que je les ai toujours attentivement obser-
vées. Quoiqu'ils n'aient pas, comme nous, le don de la
parole, tous les oiseaux ont des sons particuliers qui,
parmi eux, remplacent en quelque sorte les mots, et à
l'aide desquels ils peuvent appeler leurs petits, exprimer
leur amour pour eux, leurs craintes pour leur sûreté,
leur colère contre ceux qui voudraient leur nuire, etc.
De là nous devons conclure avec certitude qu'il est cruel
de ravir aux oiseaux leurs petits, de les priver de leur
liberté, ou de les éloigner des jouissances qui conviennent à leur nature, et sans lesquelles rien de ce que nous
pouvons faire pour eux ne saurait les rendre heureux.

« D'ailleurs, ces créatures, tout insignifiantes qu'elles
vous paraissent, sont, comme vous, créées par Dieu.
N'avez-vous pas, ma chère, lu dans le Nouveau Testa-
ment que notre Sauveur dit : « Heureux les miséricor-
« dieux, car ils obtiendront miséricorde? » Comment,
alors, pouvez-vous espérer que Dieu vous accorde ses
bénédictions si, au lieu de vous efforcer de l'imiter en
étant miséricordieux dans la mesure de votre pouvoir,
vous vous montrez, de gaieté de cœur, cruelle envers
d'innocentes créatures qu'il a créées pour vivre heureuses? »

Cette réprimande de Mme Benson, à laquelle Lucy Jenkins était loin de s'attendre, la rendit toute sérieuse et
amena des larmes dans ses yeux. Alors l'excellente dame
la prit par la main, et lui dit affectueusement :

« Je n'ai pas voulu vous affliger, ma chérie, mais
seulement éveiller les bons sentiments naturels à votre
cœur. Réfléchissez à loisir sur ce que je vous ai dit, et je
suis sûre que vous me considérerez comme votre amie.
J'ai connu votre chère mère, et je puis vous affirmer

qu'elle était remarquable par la bienveillance de son caractère. Mais je ne veux pas vous distraire plus long-temps de vos jeux. Allez dans votre chambre, Harriet, et efforcez-vous de votre mieux de distraire vos visiteurs. Vous ne pouvez aller chercher les oiseaux ce soir; car, lorsque vos jeunes amis partiront, il sera trop tard pour que vous entrepreniez de les accompagner et de revenir ensuite ici. Mais je suis sûre que, pour vous obliger, Lucy les nourrira aujourd'hui. »

Harriet et Lucy retournèrent alors près de leurs frères, et elles trouvèrent Frederick regardant des images dans « l'Histoire du Prince Lee Boo ». Mais Edward Jenkins s'était emparé du chien d'Harriet, et il cherchait dans sa propre poche un bout de corde pour l'attacher avec le chat, afin de voir, disait-il, comment ils se battraient. Il tenait tant à ce cruel projet, qu'on eut de la peine à l'y faire renoncer.

« On verra, dit-il, si jamais de ma vie je reviens dans une pareille maison! On ne peut pas plaisanter ici! Que diriez-vous donc d'Harry Pritchard et de moi lorsque nous fai-sons la chasse aux chats et que nous lâchons les chiens après eux?

— Honte à vous, méchant garçon! s'écria Harriet. Je ne puis écouter vos horribles histoires, et je ne voudrais pour rien au monde commettre une de ces barbaries dont vous vous vantez! Pauvres innocentes créatures! Que vous ont-elles fait pour mériter de vous un pareil traitement?

— Je vous prie, Edward, dit sa sœur, de trouver quelque autre sujet de conversation, ou je me plaindrai de vous à Mme Benson.

— Quoi! êtes-vous donc d'un coup devenue tellement tendre de cœur? s'écria-t-il.

— Je vous dirai ce que je pense en rentrant à la maison, » répliqua Lucy.

Quant au pauvre Frederick, il ne pouvait pas retenir ses larmes; et celles d'Harriet coulaient aussi à la seule idée des souffrances des malheureux animaux. Maître Jenkins était si habitué à se rendre sans réflexion coupable de ces cruautés que tout ceci ne produisit sur son esprit aucune impression. Il rit seulement de leur chagrin et voulut leur raconter encore ses tristes plaisirs; mais Harriet et Lucy se bouchèrent les oreilles.

Enfin le petit Frederick se sauva en criant vers sa mère, et les jeunes demoiselles se retirèrent dans une autre chambre; de sorte que le petit monstre demeura seul, et qu'il dut passer le reste de la journée délaissé et méprisé par tout le monde. Mme Benson avait des visiteurs dont la présence l'empêcha de parler à ce cruel garçon comme elle l'aurait fait sans cette circonstance, après avoir entendu le récit de Frederick. Mais elle résolut de dire la vérité à son père; ce qu'elle fit, en effet, quelque temps après, lorsqu'il fut de retour chez lui.

Quand le domestique vint, le soir, le chercher ainsi que sa sœur, Harriet pria instamment son amie de nourrir convenablement les oiseaux jusqu'à ce qu'elle pût les aller chercher. Lucy promit de le faire, car elle était vivement impressionnée par les paroles de Mme Benson, et elle avait déjà pris la résolution de ne plus jamais se rendre coupable d'un tel manque de sensibilité.

CHAPITRE IX

Le porc savant.

Après le départ de ses petits visiteurs, Harriet, ayant obtenu l'autorisation de sa maman, alla dans le salon pour écouter l'intéressante conversation qui s'y tenait. Mme Benson remarqua qu'elle avait versé des larmes, dont Frederick, d'ailleurs, avait déjà appris la cause à sa mère.

« Je ne m'étonne pas, mon amour, dit-elle, que vous ayez été vivement affectée par le récit des actes d'effroyable cruauté que cet insouciant garçon est arrivé peu à peu à commettre pour s'amuser. Cependant ne vous affligez pas outre mesure, car les créatures qu'il a fait souffrir n'ont plus droit à votre pitié. Ce serait un tort de nous affliger de la mort des animaux comme nous le ferions de la perte de nos amis; ils ne sont assurément pas aussi nécessaires à notre bonheur. Nous avons appris à croire que leurs souffrances finissent avec leur vie, car ils n'ont pas d'âme; et c'est pourquoi les tuer, même de la manière la plus barbare, n'est point un acte

aussi criminel que de détruire une créature humaine,
qui peut - être n'est pas préparée à paraître devant
Dieu.

— Pendant longtemps, dit une dame qui se trouvait
là, j'ai été habituée à considérer les animaux des races
inférieures comme de simples machines, dressées par
l'infaillible main de la Providence à accomplir les actes
nécessaires à la conservation de leur existence et de celle
de leurs descendants. Mais la vue du porc savant qu'on
a récemment exhibé à Londres a bouleversé mes idées,
et maintenant je ne sais plus que penser. »

Cette réflexion amena la conversation sur l'instinct
des animaux.

« Je vous prie, maman, fit Harriet dès que la société fut
partie, dites-moi ce que faisait le porc savant : j'aurais
bien voulu le demander à Mᵐᵉ Franks, qui disait l'avoir
vu, mais j'ai craint de lui paraître trop hardie.

— J'approuve votre modestie, ma chérie, répliqua
Mᵐᵉ Benson ; cependant elle ne doit pas vous empêcher
de satisfaire une curiosité bien naturelle, sans laquelle
les enfants ignoreraient beaucoup de choses qu'ils doivent
connaître. Mᵐᵉ Franks, j'en suis sûre, aurait été loin de
vous trouver audacieuse. Les enfants sont gênants et indis-
crets seulement lorsqu'ils s'efforcent d'attirer l'attention
par leur babil insignifiant ; mais toutes les personnes d'un
sens droit et douées d'un bon naturel trouvent plaisir
à leur donner des renseignements utiles. Quant au porc
savant, j'ai entendu raconter à son sujet des choses vraiment surprenantes de la part d'un animal dont l'espèce
est généralement considérée comme stupide. On le montrait en spectacle dans une chambre préparée à cet effet,
où un public nombreux assistait à ses exercices. Deux
alphabets, composés de lettres de grande taille, collées

sur du carton, étaient placés sur le parquet. On priait
quelqu'un de la compagnie de désigner le mot qu'il
désirait faire épeler par le porc, auquel son maître le
répétait. L'animal tirait alors l'une après l'autre chaque
lettre avec son groin, et les assemblait jusqu'à ce que le
mot fût complet. On lui demandait de dire l'heure, et
quelqu'un de la société lui présentait une montre. Il
paraissait l'examiner attentivement avec ses petits yeux
rusés, et ensuite il tirait les chiffres représentant l'heure
et les minutes. Il exécutait un certain nombre d'autres
tours du même genre, au grand plaisir des spectateurs.
Quant à moi, quoique je fusse à Londres à l'époque où on
le montrait, et quoique j'entendisse continuellement parler
par les personnes de ma connaissance de ce porc merveilleux, je ne suis jamais allée le voir. J'étais persuadée qu'on
devait l'avoir cruellement maltraité pour parvenir à lui
enseigner des choses si contraires à sa nature; aussi
n'aurais-je pas voulu donner le moindre encouragement
à une pareille exhibition.

— Croyez-vous, demanda Harriet, que le porc connaissait les lettres et qu'il pouvait réellement assembler
les mots?

— Je crois possible, ma chérie, que le porc ait pu
apprendre à distinguer les lettres les unes des autres
d'après leur apparence, et son maître lui faisait sans
doute quelque signe pour lui indiquer tour à tour chacune des lettres qu'il devait prendre. Mais je ne pourrai
jamais croire que le porc comprît l'assemblage de ces
lettres. Les animaux ne peuvent acquérir la connaissance
des sciences humaines, car pour ces sciences des facultés
humaines sont indispensables; jamais l'art des hommes
ne pourra changer la nature d'aucun être, quoiqu'il
puisse, dans une certaine mesure, parvenir à modifier

4

cette nature, ou du moins à développer des facultés qui autrement demeureraient inconnues. Tant qu'on ne néglige pas pour cette occupation des devoirs d'un ordre plus élevé, ce peut être un agréable divertissement, mais elle n'offrira jamais un but utile à l'activité humaine. Je vous conseille, Harriet, de ne point accueillir ces gens qui montrent ce qu'ils appellent des animaux savants, car vous pouvez être certaine qu'ils leur ont fait subir de cruels traitements, surtout en les privant de nourriture presque jusqu'à les mettre en danger de mort. Avec l'argent que coûte un pareil spectacle vous pourrez vous procurer quelque amusement raisonnable, ou même sauver un malheureux de la plus extrême détresse. Mais, ma chérie, il est maintenant l'heure de vous retirer pour dormir. Je vous souhaite donc une bonne nuit. »

CHAPITRE X

Les petits Bensons vont chercher les nids d'oiseaux.

Le matin, de bonne heure, la mère rouge-gorge éveilla sa jeune famille.

« Venez, mes petits, dit-elle; secouez votre indolence; rappelez-vous qu'aujourd'hui est le jour fixé pour votre entrée dans le monde. Je désire que chacun de vous lisse ses plumes avant de partir, car un oiseau malpropre est pour moi un objet d'aversion, et la propreté ajoute beaucoup aux avantages extérieurs de chacun. »

Le père oiseau déploya l'aile de bonne heure, afin de pouvoir donner à déjeuner à chacun de ses petits avant de leur faire essayer de quitter le nid. Quand il leur eut apporté leur repas, il voulut que sa compagne allât avec lui, comme à l'ordinaire, chez Mme Benson, où ils trouvèrent la fenêtre de la salle ouverte. On avait, suivant la coutume, semé devant la fenêtre des miettes que les autres oiseaux avaient presque toutes dévorées. Mais les rouges-gorges prirent leur place habituelle sur la table à thé, et le père fit entendre sa chanson matinale; après

quoi ils retournèrent au nid en toute hâte, car, ayant à
s'occuper d'une affaire aussi importante, ils ne pouvaient
rester longtemps absents. De leur côté leurs jeunes bienfaiteurs ne s'occupèrent pas d'eux autant qu'à l'ordinaire;
ils étaient impatients d'aller chercher les oiseaux de miss
Jenkins. Aussi, dès que le déjeuner fut achevé, ils se
préparèrent à leur expédition. Harriet prit un panier assez
grand pour contenir deux des nids, et Frederick se munit
d'un plus petit pour mettre l'autre. Étant ainsi équipés,
ils partirent, suivis par leur bonne.

La maison de M. Jenkins, éloignée d'environ un mille
de celle de Mme Benson, était délicieusement située. Par-
devant s'étendait une belle plaine avec un canal, et
derrière se trouvait un charmant jardin; sur un des côtés
étaient des champs de blé, et sur l'autre un bois. Dans
une pareille retraite on devait naturellement s'attendre à
trouver une grande quantité d'oiseaux; mais, à l'extrême
surprise d'Harriet, ils en aperçurent seulement quelques-
uns, rôdant par ci par là, et s'envolant dès qu'elle
et son frère approchaient. Harriet dit à Frederick que,
selon elle, c'était l'habitude qu'avait Edward Jenkins de
prendre les nids qui rendait les oiseaux si craintifs. Elle
lui dit beaucoup de choses au sujet des cruautés dont le
méchant garçon s'était vanté la veille au soir, et Frederick
promit de ne point oublier ses paroles.

Dès qu'ils arrivèrent à la maison, Lucy Jenkins accourut
pour les recevoir; mais son frère était parti pour l'école.

« Nous sommes venus, ma chère Lucy, dit Harriet, pour
chercher les oiseaux que vous nous avez promis.

— Oh! ma chérie, je ne sais quoi vous dire, fit
Lucy Jenkins. J'ai de très mauvaises nouvelles à vous
apprendre, et je crains que vous ne me blâmiez sévère-
ment, quoique je me blâme moi-même plus encore. Je

regrette beaucoup de n'être pas rentrée immédiatement à la maison après les conseils que votre bonne mère m'a donnés hier, et qui m'ont fait comprendre la cruauté de ma conduite, quoique je n'aie pas osé l'avouer tout de suite.

« En sortant de chez vous, je marchais le plus vite que je pouvais, et j'avais l'intention de donner un bon souper à chacune des petites créatures. Dans ce but, je fis cuire un œuf, je l'émiettai, je mêlai ensemble du pain et de l'eau, et j'y ajoutai un peu de grains, ainsi que l'œuf écrasé; puis je portai cette pâtée dans la chambre où j'avais laissé les nids. Mais je fus bien affligée en voyant que mes soins arrivaient trop tard pour plusieurs des petits. Tous les moineaux étaient étendus morts, et couverts de sang; ils semblaient s'être entre-tués.

« Dans le nid des linottes, qui étaient très jeunes, j'en trouvai une morte, deux rendant le dernier soupir, et l'autre presque inanimée, mais cependant encore en état d'avaler. Je me hâtai donc de lui donner un peu de la nourriture que j'avais préparée et qui la ranima promptement. Comme je pensais qu'elle souffrait du froid, étant seule dans le nid, je la couvris avec de la laine, et j'ai eu ce matin le plaisir de la trouver tout à fait rétablie.

— Quoi! tous les moineaux morts, et aussi trois linottes! dit Fréderick, dont les petits yeux s'étaient remplis de larmes à ce triste récit; et, je vous prie, avez-vous aussi fait mourir de faim tous les merles?

— Non, mon petit ami, répondit Lucy Jenkins; mais je confesse que plusieurs d'entre eux ont été aussi victimes de ma négligence. Cependant il en reste deux beaux, bien vivants, que je remettrai de bon cœur, ainsi que la linotte survivante, aux soins de ma chère Harriet, dont la bonté sera, je l'espère, récompensée par le plaisir de les entendre chanter lorsqu'ils seront plus âgés. Mais vous allez, n'est-ce pas, rester et vous reposer après votre course?

— Voyons d'abord les oiseaux, dit Frederick.

— Vous allez les voir, » répliqua Lucy.

Le prenant par la main, elle le conduisit, ainsi qu'Harriet, dans la chambre où elle les avait placés. Lucy fit alors manger les oiseaux; elle donna à ses amis des instructions particulières sur la manière de préparer leur nourriture, et elle déclara qu'elle n'accepterait plus jamais de nids d'oiseaux; mais en même temps elle exprima la crainte de ne pas pouvoir réussir à empêcher Edward de les prendre.

Elle emmena ensuite ses jeunes amis dans la salle, où sa gouvernante, — car sa mère était morte, — leur fit très bon accueil et donna à chacun d'eux un morceau de gâteau et des fruits. Après quoi Lucy les ramena dans la chambre où étaient les oiseaux; elle plaça très soigneusement dans un des paniers le nid de la pauvre linotte solitaire, et elle mit dans l'autre celui qui contenait les deux merles. Frederick désirant vivement porter ce dernier, sa sœur y consentit; et alors, ayant dit adieu à leur amie, ils reprirent le chemin de la maison, accompagnés par leur bonne, comme auparavant.

Revenons maintenant aux rouges-gorges que nous avons laissés volant à tire-d'aile vers la muraille couverte de lierre, pour faire sortir leurs petits du nid et les conduire dans le verger.

CHAPITRE XI

La première leçon pour apprendre à voler. — Les jeunes oiseaux dans le verger. — Ils y sont aperçus par les enfants.

En entrant dans le nid le père s'écria d'un ton joyeux :
« Eh bien ! mes enfants, êtes-vous prêts ?

— Oui, » répliquèrent-ils.

La mère alors s'avança, et voulut que chacun d'eux vînt sur le bord du nid. Robin et Pecksy y sautèrent à l'instant ; mais Dicky et Flapsy, plus craintifs, ne furent pas aussi prompts.

Les cœurs des parents furent grandement réjouis alors à l'aspect de leur jeune famille ; car tous les petits paraissaient être forts, vigoureux et vifs, possédant, en un mot, tous les dons naturels nécessaires pour réussir dans le monde.

« Maintenant, dit le père, étendez vos ailes, Robin ; secouez-les un peu de cette manière, — il lui en donna l'exemple, — et soyez attentif à suivre exactement mes indications.

« Très bien, ajouta-t-il. N'essayez pas encore de voler,

car il n'y a ici ni assez d'air ni assez d'espace pour le faire. Marchez doucement après moi sur la muraille, puis suivez-moi vers l'arbre qui y touche, et sautez de branche en branche, comme vous me le verrez faire. Ensuite reposez-vous, et, dès que vous me verrez m'envoler, étendez vos ailes en réunissant toutes vos forces pour me suivre. »

Robin réussit à l'admiration générale, et il arriva sain et sauf sur la terre.

« Maintenant, dit le père, restez là jusqu'à ce que les autres vous aient rejoint. »

Retournant alors, il ordonna à Dicky de faire comme avait fait son frère. Mais Dicky redoutait fort de secouer ses ailes, car il était un peu poltron, et il montra une grande terreur de tomber avant d'atteindre le sol, qui était, disait-il, à une si grande distance d'eux. Son père, étant lui-même un oiseau très courageux, se fâcha sérieusement.

« Quoi! petit sot, dit-il, préférez-vous rester tout seul dans le nid et y mourir de faim? Je vous assure que je ne vous y apporterai pas de nourriture! Croyez-vous que vos ailes vous aient été données pour être toujours repliées à vos côtés, et que toute l'occupation de votre vie doive être de lisser vos plumes et de vous faire beau? Sans exercice vous ne resterez pas longtemps bien portant; d'ailleurs, vous devrez bientôt apprendre à chercher votre nourriture; la paresse, de votre part, serait donc le comble de la folie. Allons, sortez à l'instant. »

Dicky, effrayé par le courroux de son père, sortit et s'avança jusqu'à la branche de laquelle il devait descendre à terre. Mais là ses craintes le reprirent; au lieu de faire aucun effort pour voler, il resta immobile, remuant ses ailes de l'air le plus irrésolu, et il laissa son père lui montrer deux fois le chemin sans se décider à le suivre.

Départ du nid.

Cet excellent parent, voyant qu'il ne se déciderait point
à voler, fit un détour pour revenir sans être aperçu par
Dicky; puis, saisissant le moment où ses ailes étaient un
peu étendues, il arriva tout à coup derrière lui et le poussa
hors de la branche. Dicky, se voyant alors en danger de
tomber, étendit ses petites ailes, et, soutenu par l'air, il
descendit doucement vers la terre, si près de l'endroit où
se tenait Robin, que celui-ci put aisément le rejoindre en
sautillant.

La mère entreprit à son tour de conduire Flapsy et
Pecksy, tandis que le père restait en bas pour veiller sur
ceux qui étaient déjà descendus. Flapsy fit mille diffi-
cultés, mais elle céda enfin aux remontrances de sa mère,
et vola heureusement jusqu'à terre. Pecksy l'accompagna
sans la moindre hésitation, et, suivant exactement les
indications données, elle trouva la tâche beaucoup plus
aisée qu'elle ne s'y était attendue.

Dès qu'ils furent un peu remis de la fatigue et de l'é-
motion causées par ce premier essai, ils commencèrent à
regarder autour d'eux avec étonnement. Chaque objet qui
frappait leurs regards excitait leur curiosité et leur surprise. Ils allaient cesser d'être confinés dans un petit nid,
construit au fond d'un trou étroit; ils vivraient maintenant au grand air et en toute liberté. Le verger leur
paraissait un monde. Pendant quelque temps chacun
d'eux resta silencieux, regardant autour de lui tantôt
une chose, tantôt une autre.

Enfin Flapsy s'écria :

« Que le monde est charmant! Je n'aurais jamais supposé qu'il fût de moitié si grand!

— Croyez-vous donc, ma chère, répondit la mère, que
vous voyez maintenant le monde entier? Je n'en ai moi-
même vu qu'une petite partie, et cependant j'ai, en vo-

lant, parcouru tant d'espace, que ce que nous voyons en ce moment me paraît un endroit de très peu d'étendue. J'ai conversé avec plusieurs oiseaux étrangers, et ils m'ont appris que les pays d'où ils venaient étaient si éloignés, qu'il leur fallait, pour arriver chez nous, plusieurs jours de voyage, même en prenant le chemin le plus court et en ne se permettant presque aucun repos.

— Allons, dit le père, occupons-nous d'affaires. Nous n'avons pas quitté le nid seulement pour regarder autour de nous. Vous voilà maintenant, mes petits, arrivés sains et saufs sur la terre; laissez-moi vous instruire de ce que vous avez à y faire. Toute créature vivante qui arrive dans le monde a quelque tâche à y accomplir; c'est pourquoi nul ne doit rester spectateur inoccupé de ce que font les autres. Nous, petits oiseaux, nous avons une tâche très facile en comparaison de celle de beaucoup d'animaux que j'ai eu occasion de voir, car nous devons seulement chercher notre nourriture, construire nos nids, et pourvoir aux besoins de nos petits jusqu'à ce qu'ils soient en état de se suffire à eux-mêmes.

« Nous avons, il est vrai, des ennemis à redouter : les éperviers et autres oiseaux de proie, qui s'emparent de nous si nous ne sommes pas sur nos gardes. Mais nos ennemis les plus dangereux sont ceux de la race humaine, quoique, même parmi eux, nous autres rouges-gorges nous soyons plus favorisés que beaucoup d'autres oiseaux, à cause d'une action charitable accomplie, dit-on, par deux oiseaux de notre espèce envers un petit garçon et une petite fille qui s'étaient perdus dans un bois, où ils étaient morts de faim. Les rouges-gorges dont je parle aperçurent les pauvres enfants, la main dans la main, étendus sur la terre froide, et ils les auraient nourris si ceux-ci eussent été en état de prendre quelque nourriture;

mais, voyant que les malheureux bébés étaient morts, et
ne pouvant pas les enterrer, ils résolurent de les couvrir
de feuilles. Ce fut une rude besogne; beaucoup de
rouges-gorges en ont, depuis, été récompensés, et je
crois que ceux qui font du bien à autrui en sont toujours
récompensés d'une façon ou d'une autre. Mais me voici
coupable de la faute que je vous ai reprochée tout à
l'heure, c'est-à-dire gazouillant lorsque je devrais songer
aux affaires. Allons, suivez-moi, et nous ferons bientôt
quelque bonne trouvaille. Ne craignez rien, car l'endroit où vous êtes est sûr. Il n'y a pas d'épervier ici
près, et je n'ai jamais vu dans le verger d'autres êtres
de race humaine que les monstres dont vous avez
reçu la visite dans le nid, et d'autres également inoffensifs. »

Le père se mit alors à sautiller en avant, suivi par
Robin et par Dicky, tandis que sa compagne conduisait
la partie féminine de la famille. Les parents enseignèrent
à leurs petits la manière dont ils devaient s'y prendre
pour chercher leur nourriture, et ils y réussirent à merveille, car beaucoup d'insectes se trouvaient là justement
à leur portée.

Tandis que dans la famille des rouges-gorges on était
occupé de toutes les affaires dont nous venons de parler,
Harriet rentrait à la maison, portant les pauvres oiseaux
dans les paniers.

« Eh bien! Frederick, dit-elle, que pensez-vous maintenant des dénicheurs d'oiseaux? Aimeriez-vous à causer
la mort d'une quantité de petites créatures inoffensives?

— Non, en vérité, répliqua Frederick, et je trouve que
Lucy est une très méchante fille de les avoir fait mourir
de faim.

— Elle était à blâmer; mais elle regrette maintenant sa

faute, mon chéri; aussi vous ne devez pas mal parler d'elle. D'ailleurs, vous le savez, elle n'a pas, comme nous, une bonne mère pour lui enseigner ce qu'elle doit faire, et son père, qui est très souvent obligé de s'absenter de sa maison, la laisse aux soins d'une gouvernante qui peut-être n'a jamais elle-même été instruite à se montrer bonne envers les animaux. »

Cette conversation les occupa pendant le trajet. De temps en temps ils jetaient un regard dans leurs paniers pour voir leurs petits oiseaux, qui étaient vifs et bien portants. Les enfants prièrent la bonne de leur faire traverser le verger, qui avait une porte donnant dans une prairie placée sur leur route. Ils étaient certains d'y être admis, car c'était l'heure du travail de leur ami Joe. On frappa donc à la porte, qui fut immédiatement ouverte, et Frederick pria Joe de lui montrer le nid de rouges-gorges.

Les jeunes rouges-gorges étaient précisément alors réunis près de la porte, quand ils furent tout à coup alarmés par la répétition des mêmes bruits qui les avaient jadis terrifiés dans le nid. Robin, qui se trouvait en avant, aperçut, avec la plus grande surprise, M. et Mlle Benson et la bonne qui les suivait, avec Joe, le jardinier, qui, ayant ouvert la porte, allait, à la demande de son jeune maître et de sa jeune maîtresse, les conduire à la muraille couverte de lierre.

Robin, malgré tout son courage, — et en vérité il n'en manquait pas, — fut saisi d'un grand tremblement; car, si l'aspect des visages de ces personnes lui avait paru terrible quand il était dans le nid, on peut imaginer ce qu'il dut éprouver maintenant, en les contemplant dans toute leur grandeur, et en les voyant s'avancer vers lui par ce qui lui semblait être de gigantesques enjambées.

Il ne s'attendait à rien moins qu'à être complètement
écrasé par le pied de l'une d'elles, et n'ayant pas encore
toute sa force, n'ayant jamais essayé de s'élever dans
les airs, il ne savait comment échapper au danger.
Aussi se mit-il à crier assez fort, non seulement pour
surprendre son frère et ses sœurs et pour appeler son
père et sa mère qui voulurent connaître la cause de ses
cris, mais encore pour attirer l'attention de Frederick et
d'Harriet.

« Quel ramage est-ce là ? s'écria ce dernier.

— C'était le cri d'un jeune oiseau, dit la bonne ; n'est-
ce pas un de ceux qui sont dans les paniers ?

— Non, le bruit est venu de là, répondit Frederick,
indiquant un buisson de groseilliers. Mes oiseaux sont très
bien.

— Et ma linotte aussi, » reprit Harriet.

Frederick posa très soigneusement son panier par terre,
et se mit à examiner l'endroit d'où il supposait que le
bruit était venu. A sa grande joie, il découvrit bientôt les
rouges-gorges et leur petite famille, et il se hâta d'appeler
sa sœur, qui fut aussi enchantée que lui à cet aspect.
Alors Frederick se baissa pour les voir de plus près, et se
trouva par là juste en face de Robin, qui, dès que le
visage du jeune gentleman fut devant ses yeux, le reconnut, et, appelant son frère et ses sœurs, leur dit qu'ils
n'avaient rien à craindre.

Miss Benson suivit l'exemple de son frère, et elle réjouit
le petit troupeau par l'aspect de son visage souriant. Elle
regrettait vivement de n'avoir rien à donner à manger à
ses anciens favoris et à leur famille, quand Frederick
sortit de sa poche un morceau de biscuit qu'ils émiettèrent
et leur distribuèrent.

Miss Benson, se rappelant que sa mère les attendait à

la maison et que les oiseaux des paniers devaient avoir faim, engagea son frère à reprendre son petit fardeau et à rentrer. Ils quittèrent donc les rouges-gorges, et les laissèrent jouir des fruits de leur libéralité.

CHAPITRE XII

Robin et la linotte. — Le cadeau de Pecksy. — Entêtement de Robin. — Dicky, Flapsy et Pecksy retournent au nid. — Chute de Robin. — Son repentir. — Il dort dans la cabane aux outils.

Lorsque les heureux oiseaux eurent partagé entre eux le présent savoureux de leurs jeunes bienfaiteurs, ils se mirent à sautiller à la recherche de quelque mets moins sec. Dicky eut la bonne fortune de trouver d'un seul coup quatre petits vers; mais au lieu d'appeler son frère et ses sœurs pour partager ce repas, il dévora le tout à lui seul.

« N'avez-vous pas de honte, petit goulu ! s'écria son père, qui remarqua ce trait d'égoïsme. Que penseriez-vous de votre frère et de vos sœurs s'ils agissaient ainsi? Dans une famille, chaque individu doit songer au bien-être de tous plutôt qu'à son propre intérêt. Et c'est, à vrai dire, son intérêt bien entendu que d'agir ainsi. Un jour peut venir où celui qui possède maintenant assez pour subvenir aux besoins de ses parents devra, à son tour, réclamer leur assistance. Mais, en laissant de côté les considérations égoïstes, qui ne doivent occuper que la dernière place dans un cœur généreux, songez seulement au plaisir de faire le bien, et de contribuer au bonheur des autres ! »

Dicky, tout à fait confus de sa conduite, s'éloigna aussitôt en sautillant, pour trouver, s'il était possible, quelque chose à offrir à son frère et à ses sœurs, afin de se réhabiliter dans leur opinion. Sur ces entrefaites, Robin aperçut une chenille, qu'il voulut offrir à Pecksy ; mais, juste au moment où il allait s'en emparer, une linotte, qui avait son nid dans le verger, la lui arracha et s'envola avec.

Robin, furieux, s'avança vers son père et le pria de voler à la poursuite de la linotte et de lui arracher le cœur.

« Ce serait, en vérité, une terrible vengeance ! dit son père. Non, Robin, la linotte a autant de droits à la chenille que vous ou moi, et, selon toute probabilité, elle a dans sa demeure plusieurs petits becs ouverts prêts à recevoir cet aliment. Elle avait tort, j'en conviens, de saisir la propriété d'autrui ; mais, quoi qu'il en puisse être, j'aime mieux, quant à moi, supporter le mal que d'en tirer vengeance. Vous devez vous attendre à rencontrer pendant votre vie beaucoup de déceptions analogues ; et si vous donnez carrière à votre ressentiment vous vous ferez à vous-même plus de mal que tous les ennemis du monde ne pourraient vous en faire, car vous vivrez dans une agitation continuelle, poursuivi par l'idée que chacun de ceux dont les actes ne répondront pas absolument à vos désirs nourrissent contre vous quelque mauvais dessein. Je vous engage donc à réprimer votre colère afin d'être heureux, car, croyez-moi, la paix et la tranquillité sont les choses les plus précieuses que vous puissiez jamais posséder. »

Au même instant, Pecksy arriva, tenant dans son bec une belle et grasse araignée, qu'elle déposa devant sa mère, à qui ensuite elle s'adressa en ces termes :

« Acceptez, ma chère mère, le premier présent que je puis vous faire, comme un témoignage de ma gratitude. Combien, autrefois, je brûlais d'envie d'alléger les fatigues que vous et mon cher père vous vous imposiez pour l'amour de nous, et combien je désirerais maintenant vous délivrer de tout embarras, du moins en ce qui me concerne ! Mais je ne suis encore qu'une pauvre créature et je dois continuer à m'abriter sous vos ailes. Je chercherai cependant, autant que cela sera en mon pouvoir, à procurer de la nourriture à notre famille. »

Les yeux de la mère brillèrent de joie, et, sachant combien le cœur de Pecksy serait désappointé par un refus, elle avala l'araignée que l'enfant dévouée lui avait si affectueusement apportée ; puis elle dit :

« Combien les familles seraient heureuses si chacun de leurs membres, comme vous, ma chère Pecksy, songeait au bien-être des autres, au lieu de n'être préoccupé que de son propre intérêt ! »

Dicky n'était point présent à cet incident ; autrement il aurait pu croire cette réflexion inspirée par sa propre conduite. Mais il arriva comme sa mère achevait de parler, et il offrit à Pecksy un ver pareil à ceux que lui-même avait mangés si gloutonnement.

Elle le reçut avec gratitude, et déclara que, venant de son bec, il lui paraissait deux fois meilleur.

« Certainement, dit la mère, l'amour fraternel donne de la valeur aux présents les plus minimes. »

Dicky se sentit heureux d'être rentré en grâce auprès de sa mère, et d'avoir rendu service à sa sœur ; aussi résolut-il de se monter toujours généreux à l'avenir. La mère rappela alors au père qu'il serait bon de songer à rentrer au nid.

« Si les petits, dit-elle, se fatiguent trop en sautillant, leurs forces seront épuisées et ils ne seront pas en état de voler pour rentrer.

— Vous avez raison, mon amie, répliqua son compagnon. Réunissez-les un peu sous vos ailes, puisque nous n'avons ici aucun danger à redouter, et nous verrons ensuite ce qu'ils pourront faire. »

Elle se conforma à son désir, et quand les petits furent suffisamment reposés, elle se leva, ce qui fit aussitôt mettre toute la couvée sur pied.

« Maintenant, Robin, cria le père, voyons votre adresse pour voler en haut. Venez, je vous enseignerai à vous élever.

— Oh! vous n'avez pas besoin de prendre cette peine, répliqua le vaniteux oiseau. De même que j'ai volé en descendant, je garantis que je saurai comment voler en montant. »

Étendant alors ses ailes il essaya de s'élever, mais d'une façon si maladroite, qu'il ne put que voleter irrégulièrement en rasant le sol.

« Vous ne le savez pas, cependant, s'écria le père. Vous montrerai-je maintenant? »

Robin persista dans l'idée qu'il n'avait besoin d'aucun enseignement, et il essaya de nouveau. Il parvint à s'élever un peu, mais il retomba bientôt tout étourdi. Sa mère alors commença à blâmer son obstination, et elle lui conseilla d'accepter l'offre que son père avait eu la bonté de lui faire, de lui montrer comment il fallait s'y prendre.

« Vous devez savoir, Robin, dit-elle, qu'il est en tout plus sage que vous. L'expérience, d'ailleurs, doit l'avoir rendu expert dans l'art de voler. Si vous persistez à faire vos essais extravagants, vous commettrez un grand nombre d'erreurs et vous vous rendrez ridicule. Je louerais votre courage si vous y ajoutiez la prudence, mais entreprendre ainsi étourdiment ce que l'on ignore est seulement de la témérité.

— Laissez-le, laissez-le, dit le père. S'il sait tout sans rien apprendre, il peut trouver seul le chemin du nid. J'instruirai son frère.

« Venez, Dicky, ajouta-t-il; voyons ce que vous pourrez faire en volant en haut; vous aviez bonne mine ce matin en descendant. »

Dicky s'avança avec répugnance. Il dit qu'il ne voyait pas la nécessité de jamais retourner au nid. Ils trouveraient aisément, supposait-il, quelque coin bien abrité où se glisser, jusqu'à ce qu'ils fussent assez forts pour se percher dans les arbres, comme le faisaient les autres oiseaux.

« Allons, dit le père, vous êtes aussi ridicule avec votre poltronnerie que Robin avec sa présomption. En général, ceux qui se laissent aller à des craintes sans fondement s'exposent à des dangers réels. Si vous restiez par terre pendant toute la nuit vous souffririez beaucoup du froid et de l'humidité, et vous pourriez très vraisemblablement être dévoré durant votre sommeil par des rats ou d'autres animaux qui sortent la nuit pour chercher leur nourriture; tandis que, si vous vous décidez à regagner le nid, vous aurez seulement à faire un effort pour lequel, j'ose le dire, vos forces sont suffisantes; vous reposerez alors chaudement, paisiblement, et avec sécurité. Cependant faites comme vous voudrez. »

Dicky commença à croire qu'il était de son intérêt d'obéir à son père, et il dit qu'il s'efforcerait de s'élever en volant, mais qu'il craignait toujours de ne pas pouvoir y réussir.

« Ne désespérez jamais, répliqua son père, de réussir à faire ce que d'autres ont fait avant vous. Tournez vos yeux en haut, et voyez combien, en ce moment, il y a d'oiseaux voltigeant dans les airs. Ils ont été jeunes et sortant du nid comme vous-mêmes. Voyez là-haut ce roitelet couvert de plumes nouvelles, avec quel courage il glisse à travers l'espace ; ne permettez pas qu'on dise qu'un rouge-gorge rampe sur la terre tandis qu'un roitelet plane au-dessus de lui dans les airs. »

Dicky eut honte de lui-même et se sentit piqué d'émulation. Aussi s'empressa-t-il d'étendre ses ailes et sa queue. Son père, satisfait, se plaça devant lui dans l'attitude convenable, puis, s'élevant de terre, lui montra le chemin ; et Dicky, suivant attentivement son exemple, arriva heureusement au nid. Là il trouva un lieu de repos confortable après la fatigue de la matinée, et il se réjouit d'avoir un bon père pour lui enseigner ce qui était le plus utile à son bien-être.

Le père, le voyant en sûreté au logis, retourna vers sa compagne, qui, pendant sa courte absence, s'était efforcée de convaincre Robin de ses torts, mais sans y réussir. Il ne voulait pas recevoir de leçons pour une chose qu'il était jusqu'alors persuadé de pouvoir faire par sa propre habileté. Elle se tourna donc du côté de Flapsy :

« Venez, ma chère, dit-elle ; préparez-vous à me suivre dès que votre père sera de retour, car le soleil donne ici avec une grande force, et le nid sera pour vous une retraite fort agréable. »

Flapsy redoutait de tenter cette épreuve ; cependant, comme elle ne pouvait pas s'empêcher de blâmer la conduite de Robin et de Dicky, elle résolut de faire de son

mieux ; mais elle pria sa mère de lui indiquer très exactement la manière dont elle devait s'y prendre.

« Eh bien ! dit la tendre mère, observez-moi. D'abord
allongez vos pattes ; ensuite élancez-vous de terre aussi
vivement que vous le pourrez, étendant vos ailes en les
tenant droites sur chaque côté de votre corps ; agitez-les
vivement comme vous me le verrez faire, et l'air vous
livrera passage en même temps qu'il supportera votre
poids. Quel que soit le côté où vous vouliez tourner, frappez
l'air avec l'aile du côté opposé pour vous mettre dans la
direction voulue.

Alors elle s'éleva de terre, et, après lui avoir vu pratiquer deux ou trois fois successivement les instructions
qu'elle venait de lui donner, Flapsy s'aventura enfin à la
suivre, quoique son cœur battît bien fort. Elle fut bientôt
heureusement installée dans le nid, auprès de Dicky, qui
se réjouit de voir que sa sœur préférée était arrivée sans
accident.

La mère-oiseau retourna chercher Pecksy, qui attendait
son retour près de son père, car celui-ci préférait laisser
la partie féminine de la famille aux soins particuliers de
la mère. Pecksy était parfaitement préparée à voler, car
elle avait suivi attentivement les instructions données
aux autres, en même temps qu'elle avait observé leurs
erreurs. Elle tenait donc un juste milieu entre la présomption et la timidité, se permettant cette émulation
modérée que tout jeune cœur doit posséder. Résolue à ne
pas souffrir que ni ses inférieurs ni ses égaux pussent
planer au-dessus d'elle, elle s'élança de terre, et, avec
une sûreté et une agilité merveilleuses pour un premier
essai, suivit jusqu'au nid sa mère, qui, au lieu de s'y
arrêter pour se reposer, vola jusqu'à un arbre du voisi-
nage, afin d'être à portée de venir en aide à Robin s'il se

repentait de sa folie. Mais Robin ne répondit pas à son espoir, car il resta immobile et boudeur. Quoiqu'il comprît son tort, il ne voulait pas s'humilier devant son père; aussi celui-ci résolut-il de le laisser momentanément, et il retourna au nid.

Robin, au lieu de s'attrister, dès qu'il se vit abandonné donna carrière à sa colère et à son ressentiment.

« Quoi! s'écria-t-il, devrais-je être traité ainsi, moi qui suis l'aîné de la famille, tandis que tous les petits mignons sont dorlotés et caressés! Mais ceci m'importe peu; je puis encore retourner au nid, j'en suis certain. »

Il essaya de voler, et, après un grand nombre d'essais, s'éleva enfin dans l'air. Ne sachant comment diriger sa course, il tournait tantôt à droite, tantôt à gauche. Dans un moment il avançait un peu, et l'instant d'après, craignant de se tromper, il revenait en arrière. Enfin, complètement épuisé de fatigue, il tomba sur le sol et se blessa grièvement. Étourdi par la chute, il demeura pendant quelques minutes sans mouvement et sans connaissance; mais bientôt, revenant à lui et se trouvant seul dans cette affreuse position, l'horreur de sa situation lui inspira les craintes les plus terribles en même temps que les plus amers remords.

« Oh! s'écria-t-il, pourquoi n'ai-je pas suivi les conseils et l'exemple de mes tendres parents! Je serais en sûreté dans le nid, recevant leurs affectueuses caresses et jouissant de la société de mon cher frère et de mes sœurs! Maintenant je suis le plus misérable de tous les oiseaux! Je ne serai jamais capable de voler, car chacune de mes articulations a reçu un choc dont, je le crains, je ne me remettrai jamais! Où trouverai-je un abri contre ce soleil de feu dont les rayons brûlants rendent déjà intolérable la chaleur de la terre sur laquelle

je suis étendu ! Quel bec charitable m'apportera de la
nourriture pour calmer les tortures de la faim que je vais
bientôt éprouver ? Comment me procurerai-je même une
goutte d'eau pour apaiser ma soif ? Quelle protection
trouverai-je contre les animaux malfaisants, qui, m'a-
t-on dit, font des oiseaux leur proie ? Oh ! ma chère,
ma tendre mère, si le son de ma voix peut arriver
jusqu'à vos oreilles, ayez pitié de mon malheur et volez
à mon secours ! »

L'excellente mère n'attendit pas qu'il en eût dit davantage, et, s'élançant de la branche d'où elle avait assisté
avec une profonde douleur à la chute de Robin, elle vint
à l'instant se poser devant lui.

« J'ai entendu, dit-elle, vos lamentations, et, puisque
vous semblez reconnaître vos torts, je n'ajouterai pas à
vos souffrances par mes reproches. Mon cœur partage
votre peine, et je vous donnerai avec joie toute l'assistance qui est en mon pouvoir ; mais, hélas ! je ne puis
pas grand'chose pour vous soulager. Cependant laissez-
moi vous engager à réunir toutes les forces qui vous restent et à faire tous vos efforts pour assurer votre propre
sûreté. Je vais essayer de vous apporter quelque rafraîchissement, et en même temps je chercherai les moyens
de vous conduire dans un endroit plus sûr et plus agréable
que celui où vous êtes maintenant. »

Ayant parlé ainsi, elle vola jusqu'à un petit ruisseau
qui traversait une prairie voisine, et prit sur le bord un
ver qu'elle avait remarqué tandis qu'elle était perchée
sur l'arbre. Elle revint immédiatement avec ce butin
vers le repentant Robin, qui reçut avec gratitude un présent si nécessaire.

Rafraîchi par ce délicieux morceau, et réconforté par la
bonté de sa mère, il parvint à se redresser ; secouant ses

ailes, il s'aperçut qu'il n'était point aussi grièvement blessé qu'il l'avait supposé. Sa tête, il est vrai, était meurtrie au point qu'un de ses yeux restait presque fermé, et il s'était blessé à la jointure d'une aile de telle sorte qu'il lui était impossible de voler. Cependant il pouvait parvenir à sautiller, et la mère-oiseau, remarquant que Joe le jardinier était occupé non loin de là à tailler une haie d'aubépine, engagea Robin à la suivre jusqu'à cet endroit.

Il le fit, mais avec beaucoup de peine.

« Maintenant, dit la mère, regardez attentivement autour de vous ; vous trouverez aisément des insectes de différentes sortes pour vous nourrir pendant le reste du jour, et, avant la nuit, je reviendrai encore vous voir. Ne craignez rien ; vous serez en sûreté tant que votre ami continuera son travail, car aucun animal ennemi des oiseaux n'ose s'approcher de lui. »

Robin lui dit tristement adieu, et la mère vola vers le nid.

« Vous avez été longtemps absente, mon amie, dit le père ; mais je devine que vous avez cédé à votre tendresse pour l'enfant indocile qui s'en est rendu indigne. Cependant je ne vous blâme pas de lui avoir donné assistance, car, si vous n'aviez pas entrepris cette tâche, je serais moi-même allé le voir au lieu de revenir au logis. Comment est-il? Sans doute vivant et reconnaissant pour votre bonté?

— Oui, dit-elle, j'espère qu'il sera bientôt parfaitement rétabli, car il n'est pas très grièvement blessé, et j'ai le plaisir de vous apprendre qu'il regrette vivement sa dernière faute. J'ose dire qu'il s'efforcera de la réparer par sa bonne conduite à venir.

— Voilà, en vérité, d'agréables nouvelles ! » repartit le père.

Les petits, heureux d'apprendre que leur cher frère était sauf et regrettait son erreur, exprimèrent une grande satisfaction, et prièrent leur père de les laisser redescendre pour lui tenir compagnie.

Il s'y refusa absolument, parce que, leur dit-il, la fatigue serait trop grande, et aussi parce qu'il convenait que Robin ressentît un peu plus longtemps les conséquences de sa présomption.

« Demain, dit-il, vous lui ferez une visite; mais aujourd'hui il restera seul. »

Après cette réponse ils cessèrent d'insister, sachant que leur père était le meilleur juge de ce qui convenait, et persuadés que son affection le porterait à faire tout ce qui était réellement utile au bonheur de sa famille. Néanmoins ils ne pouvaient pas se trouver heureux sans Robin, et ils dressaient continuellement leurs petites têtes, s'imaginant qu'ils entendaient ses cris. Le père et la mère regardaient tous deux fréquemment de son côté. Ils avaient la satisfaction de le voir parfaitement en sûreté près de leur ami Joe le jardinier, quoique le brave homme n'eût pas conscience de son rôle de gardien et continuât son travail sans remarquer le petit estropié qui sautillait et boitait, becquetant çà et là ce qu'il pouvait trouver.

Quand il fut resté seul pendant quelque temps, sa mère lui fit une autre visite. Elle lui dit qu'elle avait intercédé en sa faveur auprès de son père, dont le courroux était apaisé, et qu'il viendrait le voir avant d'aller reposer.

Robin fut heureux d'apprendre qu'il pouvait encore espérer se réconcilier avec son père, quoiqu'il redoutât leur première entrevue. Cependant, comme cette entrevue devait avoir lieu, il aurait voulu que ce fût le plus tôt possible; et chaque fois qu'il entendait le bruit d'une aile battant l'air, il supposait que c'était celle du père qu'il avait offensé. Il demeura dans cet état d'anxieuse attente jusqu'au coucher du soleil, lorsque tout à coup il entendit la voix bien connue qu'il écoutait d'ordinaire avec joie, mais qui, maintenant, le fit trembler de tous ses membres. Cependant, voyant la tendresse dans cet œil où il s'attendait à lire la colère et le reproche, il se jeta, dans l'attitude la plus suppliante, aux pieds de son père, qui ne put résister plus longtemps au désir qu'il éprouvait de lui accorder son pardon.

« Votre humilité présente, Robin, dit-il, désarme mon courroux. Je vous pardonne volontiers, et je suis persuadé que vous éviterez dorénavant d'encourir ma disgrâce. Nous n'en dirons donc pas davantage sur un sujet qui nous est si pénible.

— Oui, mon père chéri, s'écria Robin; je vous remercie de tout mon cœur de votre indulgence, je vous suis reconnaissant de votre bonté, et je vous promets d'être obéissant à l'avenir. »

L'heureux père accepta sa soumission, et la réconciliation fut complète. Comme Robin était tout à fait à bout de forces, son excellent père le conduisit à une pompe placée dans le jardin, où il se rafraîchit avec quelques gouttes d'eau. Il se sentit tout à coup ranimé; mais à la demande que lui fit son père de ses intentions pour la nuit, son courage l'abandonna de nouveau, et il répondit qu'il ne savait que devenir.

« Eh bien! dit le père, j'ai songé à un expédient pour que vous soyez du moins à l'abri du froid. Dans un coin du jardin, à peu de distance d'ici, est un endroit appartenant à notre ami le jardinier, où j'ai moi-même trouvé plusieurs fois un abri pendant l'orage, et qui, j'en suis sûr, vous offrira une retraite confortable; ainsi suivez-moi avant qu'il soit trop tard. »

Le vieil oiseau servit alors de guide, et son fils le suivit.

En arrivant, ils trouvèrent la porte de la cabane aux outils ouverte; comme le seuil n'en était point élevé, Robin parvint à le franchir. Son père regarda attentivement autour de lui, et trouva enfin dans un coin un paquet de chiffons.

« Voici, Robin, dit-il, un lit charmant pour vous. Je veux vous y voir installé et appeler votre mère pour y donner un coup d'œil; ensuite je vous souhaiterai une bonne nuit. »

En parlant ainsi il prit son vol, et ramena sa compagne, qui fut parfaitement satisfaite du logement procuré au fils, jadis rebelle, mais maintenant repentant. Elle rappela ensuite à son compagnon que, s'ils restaient plus longtemps, ils s'exposeraient à être enfermés dans la chambre. Ils prirent donc congé en disant à Robin qu'ils lui rendraient visite le lendemain matin de bonne heure.

Quoique cette habitation fût beaucoup meilleure que Robin ne l'espérait, et, — il était prêt à l'avouer, — meilleure qu'il ne le méritait, il regrettait cependant profondément d'être absent du nid, et il attendait avec impatience le moment de revoir son frère et ses sœurs. Néanmoins, après qu'une partie de la nuit eut été employée à d'amères réflexions, la fatigue domina enfin l'anxiété, et il s'endormit. Les autres petits furent enchantés d'apprendre que Robin était probablement à l'abri des dangers de la nuit, et la mère inquiète se décida elle-même à reposer. Avant que la face glorieuse du soleil apparût à l'est, chacun des membres de cette tendre famille était éveillé. Le père attendait impatiemment que le jardinier ouvrît la porte de la cabane aux outils ; la mère préparait ses petits à une nouvelle excursion.

« Vous serez en état de descendre aujourd'hui plus aisément que vous ne l'avez fait hier, n'est-ce pas, mes chéris?

— Oh! oui, mère! fit Dicky, je ne serai nullement effrayé.

— Ni moi, dit Flapsy.

— En vérité? Eh bien ! alors, nous allons voir qui de vous sera en bas le premier. Venez, je vais vous montrer le chemin. »

Là-dessus, la mère, avançant avec prudence, prit son vol vers l'endroit où Robin était caché. Tous la suivirent à l'instant, et ils surprirent leur père, qui, ayant vu Joe, attendait de minute en minute l'ouverture de la porte. Enfin, à la joie de tous, le jardinier parut, et bientôt ils le virent prendre ses ciseaux et laisser la porte de la cabane ouverte. Aussitôt la mère proposa d'aller tous ensemble réveiller Robin. Ils le trouvèrent dans son moelleux petit lit ; mais qui pourrait décrire leur bonheur en se rencontrant? qui pourrait trouver des paroles pour exprimer la joie remplissant chacun de ces petits cœurs?

« Je crois, dit le père, lorsque les premiers transports furent calmés, qu'il vaudrait mieux sortir d'ici. Si notre ami revient, il peut nous prendre pour une bande de voleurs, et supposer que nous sommes venus pour manger ses graines. Je serais fâché qu'il eût de nous une mauvaise opinion.

— Eh bien, je suis prête, dit sa compagne.

— Et nous aussi, » s'écrièrent tous les petits.

Ils quittèrent donc la cabane aux outils, et sautillèrent autour des buissons de groseilliers.

« Je crois, dit le père, que vous, qui avez le libre usage de vos membres, vous pouvez parvenir à voler jusqu'à ces petits arbres; quant à Robin, il doit rester par terre un peu plus longtemps. »

Cette nécessité était très mortifiante; mais Robin ne pouvait en accuser que lui-même; il s'efforça donc de prendre patience, et se montra aussi gai qu'il le put. Son frère et ses sœurs demandèrent à rester près de lui pendant toute la journée, puisqu'ils pouvaient très bien se dispenser de retourner au nid. Leurs parents y consentirent.

CHAPITRE XIII

Mᵐᵉ Benson assiste une famille en détresse.

Il est temps maintenant de nous préoccuper de Frederick et d'Harriet Benson. Ces heureux enfants rentrèrent au logis peu de temps après avoir quitté les rouges-gorges, et ils racontèrent toutes les circonstances de leur expédition à leur bonne mère, qui, entendant les petits prisonniers des paniers crier très fort, les engagea à leur donner immédiatement à manger. Les enfants le firent très volontiers, et ils prirent ensuite une courte leçon. Mᵐᵉ Benson dit à Harriet qu'elle avait à rendre une visite l'après-midi, et qu'elle l'emmènerait avec elle. Elle l'engagea donc à rester tout à fait tranquille, afin de n'être point fatiguée après sa course du matin; car, quoique Mᵐᵉ Benson pût aller en voiture. le temps était si beau, qu'elle avait l'intention de faire le trajet à pied. La jeune demoiselle prit grand soin des oiseaux, et Frederick promit de les nourrir pendant son absence, avec l'assistance de la bonne. Harriet alors rangea ses livres, et se prépara à accompagner sa mère.

5*

Mme Benson et sa fille, ayant fait leur visite, revenaient à la maison, quand elles rencontrèrent une pauvre femme qui les pria de lui donner quelques secours. Elle avait son mari malade et sept enfants mourant de faim. On pouvait, disait-elle, s'assurer qu'elle disait la vérité si on voulait avoir la bonté de se rendre dans sa demeure, qui était tout près de là.

Mme Benson était toujours disposée à soulager les malheureux. Prenant sa fille par la main et ordonnant au domestique de l'attendre, elle suivit la femme, qui la conduisit dans une misérable cabane. Là elle vit le père, entouré de la malheureuse famille aux besoins de laquelle il ne pouvait plus suffire, et, quoique son mal fût presque guéri, elle le trouva près de mourir, faute d'une bonne nourriture qui pût lui rendre des forces.

« Comment en êtes-vous arrivée à cette triste position, ma bonne femme? demanda Mme Benson à la mère. Vous auriez certainement pu obtenir du secours avant que votre mari fût réduit à un pareil état.

— Oh! ma bonne dame, dit la femme, nous n'avons pas été habitués à mendier, mais à gagner honnêtement notre vie par notre travail; jamais, jusqu'à ce triste jour, je n'ai su ce que c'était que d'implorer la charité. Ce matin, pour la première fois, j'ai été au bord de la route, et j'ai demandé l'aumône aux passants; mais les uns n'ont pas cru à mon histoire, et les autres m'ont donné si peu que je me suis sentie complètement découragée. J'étais même décidée à ne plus jamais mendier; mais l'aspect de mon cher mari et de mes enfants dans cette malheureuse condition m'a poussée à le faire.

— Eh bien, consolez-vous, dit Mme Benson, nous verrons ce que nous pourrons faire. En attendant, voici quelque chose pour subvenir aux besoins les plus pressants. »

Mme Benson s'éloigna alors, car elle craignait d'arriver trop tard chez elle.

« Je me réjouis sincèrement, dit-elle en reprenant le chemin de sa maison, d'avoir été assez heureuse pour saisir l'occasion d'assister cette pauvre famille. J'espère, ma chérie, que vous voudrez bien prendre dans votre petite bourse quelque chose pour contribuer à secourir ces malheureux.

— De tout mon cœur, dit Harriet : je leur donnerai volontiers toutes mes économies. »

En s'entretenant ainsi, elles arrivèrent à la maison.

Le petit Frederick, qui était resté levé une heure plus tard qu'à l'ordinaire, vint au-devant d'elles ; il assura à sa sœur que les oiseaux étaient bien portants et endormis.

« Je crois, dit Harriet, qu'il est temps pour vous et pour moi de suivre leur exemple. Pour ma part, mes promenades du matin et du soir m'ont réellement fatiguée ; ainsi je vous souhaite une bonne nuit, ma chère maman.

— Bonne nuit, mon amour, répliqua Mme Benson. Moi-même je suis presque fatiguée aussi, et je ne tarderai pas à me retirer pour reposer. »

CHAPITRE XIV

Frederick nourrit les oiseaux orphelins.

Le lendemain, à l'heure où ils rendaient habituellement visite à la table à manger chez Mme Benson, les parents rouges-gorges prirent leur vol matinal, et ils trouvèrent Harriet et Frederick avec leur mère.

Les enfants étaient levés depuis longtemps, car Frederick avait logé les oiseaux dans sa chambre à coucher, et ceux-ci l'avaient éveillé, ainsi que sa sœur, de très bon matin. Tous deux s'étaient hâtés de se lever pour remplir la tâche charitable qu'ils s'étaient imposée.

Les deux merles étaient parfaitement bien portants; mais la linotte semblait languissante, et ils commençaient à craindre de ne pas réussir à l'élever, d'autant plus qu'ils la voyaient peu disposée à manger. Quant aux deux merles, ils étaient très gourmands.

Leurs jeunes bienfaiteurs, ne songeant pas que les petits oiseaux nourris par leurs parents attendent quelque temps entre chaque morceau, les rassasiaient trop vite; ils remplissaient tellement leur jabot qu'ils paraissaient

avoir sur leurs gosiers un énorme goître, et Harriet remarqua que l'un d'eux pouvait à peine respirer.

« Arrêtez, Frederick, dit-elle, comme il allait porter
à son bec le tuyau de plume servant de cuiller. L'oiseau
est tellement gonflé qu'il ne peut manger davantage. »

Mais elle avait parlé trop tard. La petite créature ferma
les yeux, et tomba sur le côté, étouffée par l'excès de
nourriture.

« Oh! il est mort! il est mort! s'écria Frederick.

— Il l'est réellement, dit Harriet. Mais nous savons que
nous n'avions pas l'intention de le tuer, et nous devons
trouver quelque consolation à penser que nous n'avons
pas pris nous-mêmes le nid. »

Cette considération ne parvint pas à calmer Frederick,
qui se mit à crier de toutes ses forces. Sa mère, qui l'entendit, eut peur qu'il ne se fût blessé, car il criait rarement à moins d'avoir un grand chagrin. Elle se hâta donc
d'entrer dans la chambre pour apprendre ce dont il s'a-
gissait, et Harriet lui raconta le malheur qui venait
d'arriver.

Mᵐᵉ Benson s'assit; elle prit Frederick sur ses genoux,
lui essuya les yeux, et, l'embrassant, lui dit :

« Je suis fâchée, mon amour, de votre déception; mais
ne vous affligez pas, la pauvre petite créature est maintenant hors de peine, et n'a, je le suppose, souffert que
pendant peu de temps. Si vous continuez à pleurer ainsi,
vous oublierez de donner à manger à votre troupe d'oiseaux, qui, si j'en juge par les gazouillements que j'ai
entendus de ma fenêtre, commencent à se rassembler.
Venez, je vais éloigner de vos regards l'objet de votre
chagrin; on le mettra dans la terre. »

Emportant alors d'une main l'oiseau mort, et condui-
sant Frédérick de l'autre main, elle descendit l'escalier.

Tandis qu'elle parlait, Harriet observait l'autre merle, et elle eut bientôt le plaisir de le voir parfaitement à son aise.

Elle essaya alors de nourrir la linotte, mais celle-ci ne voulut pas manger.

« Je crois, Mademoiselle, dit la bonne, qu'elle a besoin d'air.

— Vraiment, c'est possible, répliqua miss Benson, car vous savez, Betty, que cette chambre, après avoir été fermée pendant toute la nuit, doit avoir beaucoup moins d'air que les endroits où les oiseaux construisent leurs nids. »

Tout en parlant elle ouvrit la fenêtre et plaça la linotte auprès, guettant le résultat de l'expérience, qui répondit à son désir. Elle fut ravie de voir que la petite créature arrangeait peu à peu ses plumes, et que ses yeux reprenaient leur éclat primitif. Harriet lui présenta de nouveau la nourriture, qu'elle prit, et l'oiseau fut bientôt tout à fait rétabli.

Ayant fait tout ce qui était en son pouvoir pour ses petits orphelins, miss Benson alla aider son frère à nourrir les pensionnaires de chaque jour; puis elle prit place près de sa mère, à la table à manger.

« Je m'étonne, dit Frederick, dont les larmes étaient séchées, que les rouges-gorges ne soient pas venus.

— Pensez, répliqua sa sœur, qu'ils ont beaucoup à faire, maintenant que leurs petits commencent à quitter le nid. Je suis sûre qu'ils seront ici tout à l'heure. »

Un instant plus tard, ils entrèrent dans la salle. Leur vue rendit à Frederick toute sa gaieté, et, après leur départ, il demanda que lui et Harriet pussent retourner au verger, dans l'espoir de voir encore les jeunes rouges-gorges.

« J'y consens, Frederick, dit sa mère, à la condition
que vous continuerez à être un bon garçon. Mais, comme
la journée d'hier a été presque entièrement perdue pour
le travail, et qu'Harriet a beaucoup à faire, il vous faudra
attendre jusqu'à ce soir. Alors peut-être irai-je avec
vous. »

Frederick se contenta de cette promesse, et il s'appliqua
beaucoup à sa leçon de lecture. Il récita par cœur une
des hymnes de mistress Barbauld et quelques autres
petites choses qu'il avait apprises. Quant à miss Benson,
elle s'occupa de différentes leçons avec une grande activité, et elle exécuta sa tâche de travail à l'entière satisfaction de sa mère.

CHAPITRE XV

Les blessures de Robin. — Un épervier. — La pompe.
— Robin perdu et retrouvé.

Dès que les vieux rouges-gorges eurent quitté leur
petite famille pour se rendre chez Mme Benson, Pecksy
commença par demander très affectueusement à Robin
comment il se trouvait et où il avait été blessé.

« Oh! dit-il, je suis beaucoup mieux ; mais c'est une
merveille que je sois encore vivant, car vous ne pouvez
vous imaginer quelle terrible chute j'ai faite. En tournant
dans l'air comme je le faisais je m'étais complètement
étourdi, au point de ne pouvoir faire le moindre effort
pour adoucir ma chute, si bien que je frappai la terre
avec une grande violence. Mon œil est encore enflé, et il
l'était beaucoup plus dans le premier moment. Mon aile
est pire, elle me fait encore beaucoup souffrir. Voyez
comment elle traîne sur le sol. Mais elle n'est pas brisée,
et mon père dit qu'elle sera bientôt guérie. Je le désire,
car j'ai hâte de pouvoir voler, et, à l'avenir, je recevrai
avec joie tous les conseils. Je ne puis comprendre comment

j'ai été assez follement présomptueux pour supposer que je saurais me conduire sans être guidé par mon père.

— De jeunes oiseaux comme nous, dit Pecksy, ont assurément grand besoin d'être instruits, et nous devons nous estimer heureux d'avoir des parents qui veulent bien se donner la peine de nous enseigner ce qu'il nous est utile de savoir. Je redoute le jour où je devrai quitter le nid et prendre soin de moi-même. »

Flapsy dit qu'elle était sûre de savoir comment voler et becqueter, et faire tout ce qu'il faudrait avant cette époque. Pour sa part, elle avait hâte de voir le monde, de savoir comment se comportaient les oiseaux des rangs les plus élevés et de quels plaisirs ils jouissaient.

Dicky déclara qu'il éprouvait le même désir, quoique, il devait l'avouer, il eût grand'peur des oiseaux de proie.

« Oh ! dit Flapsy, je suis sûre, Dicky, qu'ils ne s'abattront jamais sur une jolie créature comme vous.

— Alors, si la beauté est une sauvegarde contre la cruauté, vous serez en sûreté, ma douce sœur, répliqua-t-il, car votre apparence délicate doit plaider en votre faveur. »

Il achevait à peine ces mots qu'un épervier apparut. A son aspect, tous les petits éprouvèrent une impression extraordinaire. Ils se jetèrent sur le dos, en criant de toutes leurs forces, et au même instant les cris d'une foule de petits oiseaux résonnèrent dans le verger. Les rouges-gorges revinrent bientôt à eux, et, se remettant sur leurs pattes, ils regardèrent de tous côtés pour savoir ce qu'était devenue la cause de leur effroi. Ils l'aperçurent dans les airs, à une grande hauteur, enlevant une malheureuse victime, dont quelques plumes tombèrent près de la jeune famille. En les examinant on reconnut qu'elles appartenaient à un chardonneret; sur quoi Pecksy re-

Le cruel épervier.

marqua que ces sauvages n'avaient évidemment aucun
égard pour la beauté personnelle. Dicky était si terrifié
qu'il ne savait plus que faire ; il aurait voulu retourner
au nid ; mais, après la mésaventure de Robin, il craignait
d'offenser son père. Il vola donc seulement jusqu'à un
buisson de groseilliers, et se cacha à l'endroit le plus
épais du feuillage. Flapsy le suivit ; Robin étant forcé
de rester sur le sol, Pecksy prit l'affectueuse résolution
de lui tenir compagnie.

Quelques minutes plus tard, leurs parents revinrent de
chez Mme Benson. Ils trouvèrent ces deux derniers tranquillement posés près de l'endroit où ils les avaient laissés ;
mais les autres manquant, la mère s'informa avec une
grande anxiété de ce qu'ils étaient devenus. Robin lui
apprit alors comment ils avaient été effrayés par un épervier, et pendant son récit Dicky et Flapsy revinrent
auprès d'eux.

« Je suis surpris, dit le père, qu'un épervier se soit
aventuré si près de l'endroit où le jardinier travaillait. »

Pecksy l'informa qu'ils n'avaient point aperçu le jardinier depuis le moment où les parents les avaient quittés.

« En ce cas, je suis sûre qu'il est allé déjeuner, » reprit
la mère.

Cette supposition était juste, car au même instant ils
le virent revenir avec ses ciseaux, et bientôt il continua
son travail.

« Maintenant vous serez en sûreté, s'écria le père. Je
vais donc rester pour vous apprendre à voler dans différentes directions ; et ensuite nous ferons, votre mère et
moi, quelques petites excursions afin de vous laisser vous
exercer vous-mêmes. Mais, avant tout, je vais vous montrer où aller chercher de l'eau, car je crains que vous ne
soyez très altérés.

— Non, dirent-ils, nous avons eu plusieurs vers d'eau
et des chenilles succulentes, qui nous ont servi à la fois
de nourriture et de boisson. Robin est très habile à les
trouver.

— Rien ne vaut la nécessité pour apprendre à vivre aux
oiseaux, dit le père. Je suis content que la mésaventure
de Robin lui ait été si profitable.

— Que seriez-vous devenu, Robin, si vous n'aviez pas
fait effort sur vous-même comme je vous le conseillais?
fit sa mère. Vous auriez bientôt expiré si vous étiez resté
sur le sol brûlant. Que cette leçon vous rappelle, aussi
longtemps que vous vivrez, qu'il vaut mieux chercher
les moyens de sortir d'embarras que de perdre son temps
à de vaines lamentations. Mais venez, Dicky, Flapsy et
Pecksy; il y a de l'eau ici près. »

Elle les conduisit alors à la pompe où Joe prenait de
l'eau pour arroser le jardin, et qui se trouvait à peu de
distance de la cabane aux outils, où Robin dormait.

Ils restèrent là quelque temps, et s'y amusèrent beaucoup, se tenant si près du jardinier qu'ils se considéraient
comme placés sous sa protection. Les parents s'envolèrent
dans un arbre, où le père réjouit sa compagne bien-aimée
et sa famille par ses refrains joyeux. De temps en temps
ils faisaient différentes excursions aériennes, pour donner
l'exemple à leurs petits, qui tous avaient hâte d'être
capables de les imiter. La journée s'écoula heureusement
de cette manière, et le soir, de bonne heure, Dicky,
Flapsy et Pecksy furent reconduits au nid. Ils s'élevèrent
dans l'air avec beaucoup plus de facilité que le jour précédent, et les parents leur apprirent à voler jusqu'aux
branches de quelques arbres qui se trouvaient près de
la muraille couverte de lierre.

Pendant ce temps, ils avaient laissé Robin seul, pensant

qu'il serait en sûreté tandis que le jardinier était occupé à faucher le gazon. Mais quel fut le chagrin du père et de la mère lorsque, à leur retour, ils ne le virent ni ne l'entendirent! Le jardinier aussi était parti. Ils appréhendèrent donc qu'un chat ou un rat n'eût emporté Robin et ne l'eût tué; cependant on n'apercevait aucune de ses plumes. Ils explorèrent avec le plus grand soin et la plus grande anxiété chacun des recoins où ils croyaient pouvoir le trouver, et ils forcèrent, pour l'appeler, leurs petites voix jusqu'à s'égosiller; mais tout fut inutile. La cabane aux outils était fermée; pourtant, s'il y eût été, il aurait répondu.

Enfin, désespérant de le trouver, ils retournèrent au nid, le cœur bien gros. D'unanimes lamentations accueillirent la triste nouvelle, et ce logis, jusqu'alors si heureux, devint le séjour de la douleur. Le père s'efforça de consoler sa compagne et les enfants qui lui restaient; il y réussit assez bien pour leur inspirer la résolution de supporter cette perte avec patience.

Après une triste nuit, la mère quitta le nid le matin, de bonne heure, ne pouvant se décider à abandonner encore l'espoir de retrouver Robin; mais, après avoir passé une heure à le chercher, elle revint auprès de son compagnon, qui s'occupait à consoler les petits.

« Venez, dit-il; envolons-nous. Si nous restons ici à nous lamenter, cela ne nous soulagera en rien. Les maux qui nous frappent doivent être supportés, et ils nous paraissent d'autant plus légers que nous nous y soumettons plus tranquillement. Si le pauvre Robin est mort, il ne souffre plus; et s'il ne l'est pas, nous avons, en voltigeant beaucoup de différents côtés, une chance d'apprendre de ses nouvelles. Que diriez-vous si les petits essayaient de voler avec nous jusque chez nos bienfaiteurs? En partant

de bonne heure et en les laissant se reposer souvent en
route, je crois qu'ils pourront y parvenir. »

Cette proposition plut beaucoup à chacun des petits,
car tous avaient hâte d'aller là. On décida donc qu'ils se
mettraient immédiatement en route et qu'ils accompli-
raient le voyage en plusieurs étapes.

Ils arrivèrent enfin dans la cour, juste au moment où
les pensionnaires de chaque jour venaient de partir.

« Maintenant, dit le père, arrêtez-vous un peu et laissez-moi vous recommander, Dicky, Flapsy et Pecksy, de
vous conduire convenablement. Sautez seulement où vous
verrez votre mère ou moi sauter, et ne touchez à rien
autre chose qu'à ce qui est éparpillé à notre intention.

— Attendez, père, fit Dicky, mes plumes sont mal
arrangées.

— Et les miennes aussi, dit Flapsy.

— Eh bien, lissez-les, répondit-il; mais ne perdez
pas de temps. »

Pecksy fut prête en un instant; quant aux autres, ils
se montrèrent plus lents. Aussi leur père et leur mère ne
voulurent pas les attendre plus longtemps et volèrent
jusqu'à la fenêtre. Tous les suivirent immédiatement, et,
à l'inexprimable satisfaction de Frederick Benson, se
placèrent sur la table à manger, où les attendait une
joie inespérée, car, à leur grande surprise, ils trouvèrent là un hôte : le pauvre Robin perdu.

La rencontre fut, comme on s'en doute, heureuse
pour tout le monde, et les transports qu'elle occasionna
peuvent plus aisément être imaginés que décrits. Le père
entonna une éclatante chanson de gratitude; la mère
gazouilla, inclina sa tête, battit des ailes, sautilla sur la
table, joignit son bec à celui de Robin, puis toucha la
main de Frederick. Quant aux jeunes, ils adressèrent

mille questions à Robin; mais comme celui-ci ne voulait pas interrompre la chanson de son père, il les pria de contenir leur curiosité jusqu'à un moment plus opportun. Cependant il est temps maintenant de satisfaire la vôtre, mes jeunes lecteurs. Je vous apprendrai donc, dans le chapitre suivant, comment Robin s'était trouvé placé dans cette heureuse situation.

CHAPITRE XVI

Frederick attrape Robin. — Il est apporté au logis dans un chapeau.
— Les jeunes oiseaux deviennent trop familiers.

Vous devez vous rappeler, mes jeunes lecteurs, que Frederick avait obtenu de sa mère la promesse d'aller avec sa sœur, après que les leçons de chaque jour seraient achevées, chercher les rouges-gorges dans le verger. Dès que l'air se fut suffisamment rafraîchi, Mme Benson les emmena donc avec elle, et ils arrivèrent juste au moment où les parents-oiseaux venaient d'emmener leurs petits pour les reconduire au nid. Robin était resté seul, sautillant çà et là, et, ne redoutant aucun danger, il était allé au milieu du chemin.

Frederick l'aperçut de loin, et s'écria vivement :

« En voici un, je vous l'affirme ! »

Avant que Mme Benson eût pu le voir, il courut en avant et posa sa petite main dessus, enchanté de l'avoir attrapé.

La pression de sa main fit mal à l'aile de Robin, qui se mit à pousser des cris lamentables ; sur quoi Frederick le lâcha en disant :

« Je ne veux pas vous faire de mal, mon petit. »

Harriet, qui le vit attraper l'oiseau, courut aussi vite que possible pour l'empêcher de le retenir. Comme Robin s'éloignait en sautillant, elle s'aperçut qu'il était estropié, d'où elle conclut que son frère l'avait blessé. Mais, Frederick ayant affirmé que son aile trainait lorsqu'il l'avait vu, Mme Benson dit :

« Il est plus probable qu'il a été blessé par quelque accident qui l'a empêché de retourner au nid avec les autres. Dans ce cas, il serait humain et charitable de prendre soin de lui. »

Frederick fut ravi de l'entendre parler ainsi, et il demanda s'il pourrait l'emporter à la maison.

«Oui, dit sa mère, pourvu que vous puissiez le prendre sans lui faire de mal.

— Madame veut-elle que je le porte? demanda Joe. Il peut reposer très doucement dans mon chapeau. »

L'idée était excellente; tout le monde l'approuva. Frederick prit une poignée du gazon moelleux qui venait d'être fauché, pour le mettre au fond, et le pauvre Robin fut délicatement placé dans le chapeau, qui lui servit de litière. Voyant alors dans quelles mains il était tombé, il s'en réjouit intérieurement, sachant qu'il avait toutes les chances pour ne manquer de rien, et aussi pour revoir encore sa chère famille. Je n'ai pas besoin de dire qu'on prit de lui le plus grand soin, et vous pouvez aisément supposer que sa nuit fut plus confortable que celle passée dans la cabane aux outils.

Lorsque Frederick et Harriet se levèrent le lendemain matin, un de leurs premiers soins fut de nourrir les oiseaux. Ils eurent le plaisir de voir tous leurs petits dans d'excellentes conditions de prospérité. La linotte et le merle sautillaient maintenant tous deux hors de leurs

Sur la table à manger.

nids pour recevoir leur nourriture, ce qui amusait beaucoup Frederick. Malheureusement ce plaisir fut bientôt troublé par un fâcheux accident ; car le merle, étant placé sur une fenêtre ouverte, sautilla trop près du bord et tomba par terre, où il fut attrapé par un chien, et mis en pièces en un instant Frederick recommença des lamentations comme la première fois ; mais, sa sœur lui ayant rappelé que la pauvre créature avait cessé de souffrir, il se domina et tourna son attention vers la linotte, qu'il mit dans une cage afin qu'elle ne fût point exposée au même sort. Il alla ensuite nourrir les pensionnaires et demanda des nouvelles de Robin, que Mme Benson avait gardé dans sa propre chambre, dans la crainte que Frederick ne le prît en main et ne lui fît mal. Il eut la joie de le trouver beaucoup mieux, car il commençait à se servir de son aile blessée. Frederick obtint donc la permission de le porter dans la salle à manger, où il le plaça, comme nous l'avons déjà dit.

Pendant quelque temps, les jeunes rouges-gorges se conduisirent très bien. A la fin, Dicky, encouragé par le bon accueil qu'on lui faisait, oublia les recommandations de son père et se mit à sautiller çà et là d'une façon peu convenable. Il sauta même dans l'assiette où était le pain beurré, et, ayant envie de goûter le thé, se percha sur le bord d'une tasse ; mais, ayant trempé sa patte dans le liquide chaud, il dut faire une retraite précipitée. Flapsy prit la liberté de becqueter le sucre, qu'elle trouva trop dur pour son bec. Leur mère les blâma pour ces licences, disant qu'elle ne les amènerait plus jamais avec elle s'ils se rendaient coupables d'une inconvenance aussi grande que de prendre ce qui ne leur était point offert.

Comme les projets formés pour la journée par Mme Benson auraient été dérangés par un séjour trop prolongé dans la salle à manger, elle sonna pour que le domestique vînt enlever le couvert du déjeuner. Les vieux oiseaux, ayant alors pris congé de Robin et lui ayant promis de revenir le lendemain, s'envolèrent par la fenêtre, suivis de Dicky, de Flapsy et de Pecksy. Robin fut placé en sûreté dans une cage, et il passa une heureuse journée, ayant souvent la permission de sortir pour prendre de la nourriture.

Ses parents descendirent dans la cour, et conduisirent les petits à l'eau qui était préparée là pour les oiseaux; après quoi tous retournèrent au nid. Les petits y restèrent jusqu'à l'après-midi; puis leurs parents les firent sortir pour leur montrer le verger.

CHAPITRE XVII

Les jeunes oiseaux étendent leurs excursions. — Ils font
connaissance avec d'autres oiseaux.

« Vous n'avez pas encore vu , dit le père , toute l'étendue
de cet endroit, et je veux vous présenter à vos voisins. »

Il les conduisit alors vers un poirier entre les branches
duquel une linotte avait construit son nid. Les vieilles
linottes parurent très contentes de voir leurs amis les
rouges - gorges, qui leur présentèrent avec une grande
fierté leur petite famille.

« Mes petits sont justement prêts à voler, dit la mère
linotte, et j'espère qu'ils feront connaissance avec les
vôtres, car des oiseaux aussi bien élevés que le sont , je
n'en doute pas, vos enfants, devront être pour eux de
très aimables compagnons. »

Les petits rouges - gorges furent enchantés de l'espoir
d'avoir d'agréables amis, et les vieux répliquèrent qu'ils
avaient eux-mêmes éprouvé trop de plaisir par des rela-
tions de bonne amitié pour ne pas désirer voir leurs
petits les cultiver aussi.

Ils volèrent alors jusqu'à un cerisier, dans lequel ils
trouvèrent un couple de pinsons en proie à une grande

6*

agitation, s'efforçant de séparer un de leurs petits et un jeune moineau qui étaient engagés dans un furieux combat. Mais leurs efforts furent vains; aucun des combattants ne voulut lâcher prise avant que le pinson tombât mort sur la terre. Ses parents furent cruellement affligés par cet accident. Le père rouge-gorge essaya de les consoler par ses refrains; mais, les trouvant sourds à ses chants, il s'informa de la cause de la querelle dont le dénouement avait été si funeste.

« Oh! répondit la mère pinson, c'est la propre folie de mon petit qui a causé sa perte. Je lui avais recommandé maintes fois de ne pas faire connaissance avec les moineaux, sachant bien qu'ils lui feraient arriver malheur. Mais il ne voulait écouter aucune remontrance. Dès qu'il commença à pouvoir becqueter, il se lia d'amitié avec un oiseau de cette race vorace, qui entreprit de lui enseigner à voler et à se suffire à lui-même. Ainsi il quitta ses parents et suivit continuellement le moineau, qui lui apprit à dérober le blé et autres choses, et à se quereller avec tous les oiseaux qu'il rencontrait. Je m'attendais continuellement à le voir tué. Enfin son compagnon se lassa de lui, et il entama une querelle qui se termina comme vous avez vu. Cependant ceci vaut encore mieux que s'il avait été pris par les hommes, et pendu, comme j'ai vu plus d'un oiseau, pour effrayer les autres et les empêcher de voler.

« Permettez-moi de vous engager, mes jeunes amis, ajouta-t-elle en s'adressant aux petits rouges-gorges, à suivre en tout les avis de vos parents et à éviter les mauvaises compagnies. »

Alors, accompagnée par le père pinson, elle reprit son vol vers son nid, afin d'apprendre au reste de la famille la terrible nouvelle. Les rouges-gorges s'envolèrent.

Mort du jeune pinson.

Ils descendirent par terre et se mirent à becqueter, lorsque soudain ils entendirent un bruit étrange, qui alarma presque les petits. Le père leur dit de ne pas s'effrayer, mais de le suivre. Il les conduisit au sommet d'un arbre élevé, dans lequel était un nid de pies qui avaient, la veille, fait une excursion autour du verger, et qui causaient sur ce qu'elles avaient vu, mais d'une manière si confuse, qu'il était impossible de les comprendre. L'une caquetait sur un sujet et l'autre sur un autre; enfin toutes étaient empressées de parler, mais aucune ne semblait disposée à écouter.

« Quelle bande de petites créatures folles et mal élevées! dit le père rouge-gorge. Si une seule parlait à la fois, ce que chacune dit pourrait intéresser les autres; mais, en caquetant ainsi toutes ensemble, elles sont parfaitement désagréables. Que leur exemple vous soit profitable, mes enfants, et évitez le travers qui les rend si ridicules. »

En parlant ainsi, il prit son vol. Bientôt ils aperçurent un coucou entouré par un grand nombre d'oiseaux, qui le harcelaient de coups de bec, à tel point qu'il lui restait à peine une plume sur le corps, tandis qu'il continuait de répéter sans cesse son cri stupide : Coucou! coucou!

« Retournez dans votre pays, dit une grive. Qu'avez-vous à faire dans le nôtre, sinon d'y mettre vos œufs dans les nids des autres oiseaux? Vous devriez, ce semble, trouver suffisant le privilège de construire un nid ici, comme nous le faisons, nous qui sommes chez nous; mais vous n'avez pas le droit de profiter de nos labeurs et de nuire à notre progéniture!

— Le coucou mérite son sort, dit la mère rouge-gorge. Quoique je sois loin d'avoir de l'inimitié contre les oiseaux étrangers en général, je déteste le caractère de ceux qui, comme lui, s'emparent de la propriété d'autrui. Je m'é-

tonne que les hommes aiment tant cet oiseau ; mais je
suppose que c'est parce qu'on le considère comme le
précurseur du printemps. Combien est différent le caractère de l'hirondelle ! elle vient ici jouir de la douceur du
climat, et elle fait du bien à la terre en détruisant beaucoup d'insectes nuisibles. J'aime à voir cet oiseau traverser
les airs, et j'ai eu infiniment de plaisir à causer avec plusieurs d'entre elles, car, comme elles sont grandes voya-
geuses, elles ont beaucoup à raconter. Mais venez, continuons notre promenade. »

Ils arrivèrent bientôt à un tronc d'arbre creux.

« Regardez dans ce trou, dit le père rouge-gorge à ses
petits. »

Ils le firent, et aperçurent un nid de jeunes chouettes.

« Quelle société d'affreuses créatures ! s'écria Dicky.
Vous n'avez sûrement pas l'intention de montrer dans le
monde vos effroyables faces ! A-t-on jamais vu des yeux
aussi stupides et un si laid manchon de plumes ?

— Qui que vous soyez, vous qui nous reprochez notre
manque de beauté, vous ne prouvez pas votre propre
bon sens, répliqua une des petites chouettes. Nous
avons peut-être des qualités qui nous rendent aussi
aimables que vous-même. Vous paraissez ignorer que
nous sommes des oiseaux de nuit et non des oiseaux de
jour. La grande quantité de plumes dans lesquelles nous
sommes enveloppés nous est nécessaire lorsque nous
sommes dehors par le froid. Je puis vous montrer deux
yeux qui, si vous êtes de petits oiseaux, vous rendront
fous de terreur ; et, si j'étais en état de voler, je vous
montrerais encore autrement ce que je puis faire. »

Soulevant alors la pellicule qui a été donnée aux oiseaux
de nuit pour empêcher la lumière du jour de blesser leur

vue, elle regarda fixement Dicky, qui resta frappé de stupeur.

A ce moment les parents chouettes revinrent, et, voyant une troupe d'étrangers qui regardaient dans leur nid, jetèrent un cri qui fit envoler tous les rouges-gorges. Lorsque ceux-ci s'arrêtèrent pour se reposer, le père, qui avait été réellement effrayé, aussi bien que sa compagne et que toute la famille, reprit son sang-froid et dit :

« Eh bien, Dicky ? comment trouvez-vous les yeux des chouettes ? Je crois qu'ils se sont montrés plus brillants que vous ne vous y attendiez ; mais, quand même ils auraient été aussi laids que vous le supposiez, vous vous montriez, en le leur disant, grossier et sot. Vous ne devez jamais blâmer aucun oiseau pour ses défauts extérieurs, puisque nul ne les contracte volontairement ; et ce qui vous paraît désagréable peut être agréable aux yeux des autres. Outre cela, vous devez être particulièrement attentif à ne pas insulter les étrangers, parce que vous ne pouvez ni connaître leur mérite, ni savoir quelle puissance ils ont pour se venger de vous. Vous devez souhaiter de ne jamais rencontrer une de ces chouettes pendant la nuit, car je vous assure qu'elles se nourrissent souvent de petits oiseaux tels que nous, et vous n'avez aucune raison d'espérer qu'elles vous épargneraient après l'affront que vous leur avez fait. Mais venez, reprenons notre vol. »

Quant à nous, cependant, avant de continuer à rendre compte de leurs aventures, retournons vers leurs bienfaiteurs.

CHAPITRE XVIII.

Les Bensons se préparent à visiter le fermier Wilson. — Nouvelles aventures des rouges-gorges. — Mme Wilson montre la ferme aux Bensons.

Comme Mme Benson et ses enfants se préparaient à quitter la salle, après avoir assisté à l'heureuse rencontre de la famille des rouges-gorges sur la table à manger, le domestique entra, et les informa qu'il y avait à la porte une pauvre femme à qui l'on avait dit de venir le matin. Mme Benson ordonna qu'on la fît entrer.

« Eh bien, ma bonne femme, dit la bienfaisante lady, comment se porte maintenant votre mari ?

— Je vous remercie de votre bonté, Madame : grâce à Dieu, il est complètement rétabli, dit la femme.

— Je suis heureuse, reprit Mme Benson, de vous trouver en meilleure disposition que vous n'étiez l'autre soir, et je ne doute pas que tout n'aille bien. Je vous ferai envoyer du pain et de la viande chaque jour de cette semaine, et je vous aiderai aussi en habillant les enfants. »

Les yeux d'Harriet brillaient de plaisir, en voyant la femme dont la détresse l'avait tant affligée ainsi consolée. Glissant dans la main de sa mère sa bourse, qui contenait sept schillengs, elle la pria de la prendre pour la femme.

« Je veux, ma chérie, dit Mme Benson, vous laisser le plaisir de la secourir vous-même. Donnez-lui cette demi-couronne. »

Harriet, avec une joie que les cœurs compatissants pourront seuls comprendre, étendit sa main charitable. La femme reçut son présent avec de vifs remerciements, priant le Tout-Puissant de répandre ses plus grandes bénédictions sur cette digne famille. Elle prit respectueusement congé et retourna près de son mari, qui, grâce à la bonne nourriture envoyée par Mme Benson, recouvrait ses forces d'heure en heure.

Dès qu'elle fut partie, Mme Benson annonça à son fils et à sa fille qu'elle avait l'intention de les emmener avec elle chez le fermier Wilson, où ils passeraient certainement une agréable journée. Elle les engagea à se préparer pour le voyage, tandis qu'elle-même irait s'habiller. Les jeunes gens obéirent sans la moindre hésitation, et, après avoir adressé à leur bonne les plus strictes recommandations au sujet de Robin et de la linotte, ils rejoignirent leur maman pour monter en voiture.

. Pendant qu'ils font ce charmant voyage, revenons aux rouges-gorges, que nous avons laissés sur l'aile, en quête de nouvelles aventures.

Ils descendirent bientôt sur un arbre dans le feuillage duquel se trouvait un oiseau moqueur [1], qui, au lieu de chanter la moindre note lui appartenant, imitait successivement le chant de chacun des oiseaux habitant le ver-

---

[1] Le moqueur est originaire d'Amérique, mais on le fait paraître ici dans un but de morale.

ger, et ceci avec l'intention de les tourner en ridicule. Si quelqu'un d'eux avait dans son chant la moindre imperfection naturelle, il était sûr de l'entendre imiter; ou si quelqu'un se montrait particulièrement attentif à remplir les devoirs de son état, le moqueur le ridiculisait en le représentant comme grave et pédant. Les jeunes rouges-gorges se divertirent beaucoup en écoutant cette singulière créature ; mais leur père les pria de dire s'ils aimeraient à être singés par lui. Tous convinrent qu'ils seraient très fâchés d'être ridiculisés de la sorte.

« Eh bien, donc, reprit le père, il ne faut ni l'encourager ni l'imiter. »

L'oiseau moqueur l'entendit, et, imitant sa voix :

« Ni l'encourager ni l'imiter, » dit-il.

Là-dessus, le père rouge-gorge vola vers lui avec fureur, lui arracha quelques plumes de la poitrine, et le força de fuir en criant.

« Je vous ai du moins fait chanter une note naturelle, dit-il, et j'espère que vous ferez attention à la manière dont vous pratiquerez à l'avenir vos imitations. »

Sa compagne regretta de le voir s'emporter et hérisser ses plumes pour un être aussi insignifiant. Mais il lui dit qu'il était nécessaire de faire un exemple pour les petits, l'imitation étant un défaut que les jeunes oiseaux se montraient trop souvent prompts à contracter ; il avait voulu leur montrer le danger auquel ils s'exposeraient en s'y laissant aller. La famille des rouges-gorges se reposá pendant quelque temps. Tout en restant tranquilles, ils remarquèrent un pinson, voltigeant d'arbre en arbre, et caquetant près de tous les oiseaux qu'il connaissait. Ses discours semblaient produire sur ses auditeurs une grande impression, car on voyait les oiseaux s'envoler en toute hâte, puis d'autres les rencontrer. Beaucoup de batailles suivaient ces rencontres. Les petits rouges-gorges s'étonnaient de ces circonstances ; enfin Pecksy demanda quelle était la cause de tout ce tumulte.

« Ce pinson, répliqua le père, est un rapporteur, et le mal qu'il fait est incalculable. Non qu'il soit très malicieux de sa nature, mais il aime à s'entendre lui-même caqueter, et c'est pourquoi il raconte à tous les oiseaux qu'il rencontre les anecdotes qu'il peut recueillir, ce qui amène souvent des querelles et des inimitiés. Il ne s'en tient pas même là, car il invente souvent les histoires qu'il raconte. »

Tandis que le rouge-gorge parlait, le pinson se posa sur le même arbre.

« Oh ! mon vieil ami, fit-il, êtes-vous encore de ce monde ? J'avais entendu la linotte du poirier dire que vous aviez été pris à voler du blé, et pendu comme un épouvantail ; mais je pensais bien que ça ne pouvait pas être vrai. D'ailleurs, le merle du cerisier m'a raconté que, si on ne vous voyait plus, c'était parce que vous étiez occupé à élever une famille, pour laquelle, assure-t-il, vous êtes si sévère que les pauvres petites créatures mènent une dure existence.

— Ce que vous pouvez avoir entendu ou ce que vous pouvez dire m'est complètement indifférent, répondit le rouge-gorge ; mais, comme voisin, je ne puis m'empêcher de vous conseiller de retenir un peu votre langue, et de songer, avant de communiquer vos nouvelles, si ce que vous allez dire n'est pas de nature à troubler la paix de la société. »

Tandis qu'il lui donnait ce conseil, une troupe d'oiseaux s'assembla autour de l'arbre ; elle se composait de ceux à qui le pinson avait fait des commérages. En étant venus à s'expliquer les uns avec les autres, ils avaient re-

Le bavard chassé du verger.

connu la fausseté de ses récits, et s'étaient résolus à le chasser du verger, ce qu'ils firent en lui témoignant tout leur mépris. Les rouges-gorges se joignirent à eux, et les petits, comprenant la laideur de ce caractère, résolurent d'éviter un pareil défaut. Quand le menteur fut parti, les oiseaux qui l'avaient poursuivi descendirent ensemble dans la même direction. Parmi eux les parents rouges-gorges retrouvèrent plusieurs de leurs anciens amis, avec lesquels ils renouvelèrent connaissance, sachant qu'ils seraient bientôt délivrés du soin de leur famille. Les petits passèrent une heureuse journée dans cette joyeuse assemblée. Mais enfin, l'heure du repos approchant, chaque individu s'envola vers l'abri où il devait passer la nuit, et les rouges-gorges, après une journée si fatigante, s'endormirent.

Tandis que les rouges-gorges exploraient le verger, Mme Benson et sa famille faisaient, comme nous l'avons dit plus haut, leur visite à la ferme, où ils recevaient le meilleur accueil.

Le fermier Wilson était un homme très bon et très respectable. Il avait, par son travail, gagné assez d'argent pour acheter la ferme où il vivait. Il pouvait espérer de pourvoir convenablement à l'avenir de sa famille nombreuse, qu'il élevait avec le plus grand soin, comme doivent l'être les fils et les filles d'un fermier, et il leur enseignait à se montrer compatissants pour les bestiaux employés au travail.

Sa compagne, une très aimable femme, avait reçu une bonne éducation, car son père avait jadis été maître d'école. Ce brave homme avait fortement implanté dans l'esprit de sa fille les doctrines chrétiennes de charité universelle, et elle les pratiquait non seulement envers l'espèce humaine, mais même envers les volailles et toutes les créatures vivantes dont elle avait à s'occuper.

Mme Benson savait que ses enfants trouveraient là une occasion de voir des animaux de différentes sortes traités avec bonté, et c'était dans ce but qu'elle les avait amenés, quoiqu'elle-même visitât ces braves gens pour leur témoigner une estime sincère.

Dès que ses jeunes hôtes furent assis, Mme Wilson les régala d'un morceau de gâteau fait par sa fille Betsy, une fillette de douze ans, qui leur tint compagnie, jouissant avec un secret plaisir de l'honneur que la petite demoiselle et le petit monsieur faisaient à *son œuvre*. La journée se trouvant heureusement assez fraîche, Mme Benson exprima le désir de faire une promenade et de visiter la ferme.

Mme Wilson lui montra d'abord la maison, qui était parfaitement propre et bien rangée. Elle conduisit ensuite ses hôtes dans sa laiterie, bien garnie de lait, de crème, de beurre et de fromage. De là ils allèrent visiter le poulailler, où les petits Bensons s'amusèrent beaucoup, car il y avait là un grand nombre de coqs et de poules, et plusieurs couvées de jeunes poussins, outre les dindons et les pintades. Tous les oiseaux témoignèrent la plus grande joie à l'aspect de Mme Wilson et de sa fille Betsy : les coqs célébrèrent leur arrivée par des chants bruyants et joyeux ; les poules annoncèrent leur approche par des gloussements, et rassemblèrent leurs petits pour les faire participer à la distribution des graines ; les dindons et les pintades accoururent au-devant d'elles, et un certain nombre de pigeons descendirent aussi du pigeonnier. Betsy jeta au milieu d'eux le grain qu'elle avait, à leur intention, apporté dans son tablier, et elle parut trouver grand plaisir à cette distribution.

Quand les jeunes visiteurs se furent assez longtemps

amusés à voir manger les volailles, Mme Wilson leur
montra les cabanes des poules et divers arrangements
faits pour leur commodité. Elle ouvrit ensuite une petite
porte donnant sur une prairie, où les oiseaux étaient
souvent laissés libres de prendre leurs ébats. En la voyant
approcher, toute la troupe emplumée se réunit autour
d'elle et courut dans la prairie comme une bande d'éco-
liers dans leur cour de récréation.

« Vous devez, madame Wilson, goûter, ainsi que
votre fille, beaucoup de plaisir avec ces jolis animaux,
dit Mme Benson.

— Oui, en vérité, Madame, répliqua-t-elle, et ils nous
fournissent des œufs et des poulets, non seulement pour
notre propre usage, mais encore pour en vendre au
marché.

— Pouvez-vous donc vous résoudre à tuer ces pauvres
bêtes ? demanda Mlle Benson.

— Non, vraiment, Mademoiselle, je ne le puis pas,
dit Mme Wilson ; jamais de ma vie je n'ai tué un poulet,
mais il est facile de trouver des gens pour le faire. Il est
absolument nécessaire d'en tuer quelques-uns, car ils se
reproduisent si vite que nous en aurions en peu de temps
un trop grand nombre pour pouvoir les nourrir. Mais je
m'impose le devoir de rendre leur existence aussi heureuse que possible. Je ne les enferme jamais pour les engraisser plus longtemps qu'il n'est nécessaire ; je n'em-
ploie pas de cruelles méthodes afin de les engraisser davantage ; je ne les tiens pas enfermés dans des endroits
où ils pourraient voir d'autres oiseaux en liberté ; je ne
prends pas les poussins aux poules avant qu'elles les
quittent d'elles-mêmes, et je ne place pas les poules sur
des œufs de canes.

— Je regrette souvent, dit Mme Benson, que tant

7

d'existences soient sacrifiées pour conserver la nôtre ;
mais nous devons manger les animaux, autrement ils-
finiraient par nous manger, ou du moins par dévorer
toute la nourriture qui peut servir à conserver notre
existence. D'ailleurs, vous vous le rappelez, le Tout-Puissant a accordé à Noé et à sa postérité la permission de
tuer les animaux nécessaires à leur nourriture. Quand
Dieu bénit Noé, après que le déluge eut noyé tous les
habitants de la terre en punition de leurs péchés, il
permit gracieusement à l'homme juste que, dans sa miséricorde, il avait sauvé ainsi que sa famille de prendre
les animaux vivants et d'en user pour sa nourriture. »

Pendant cette conversation, Frederick avait suivi les
oiseaux dans la prairie, où le dindon, le prenant pour
un ennemi, l'attaqua et l'effraya tellement qu'il commença par crier pour qu'on vînt à son aide. Mais bientôt, se rappelant que ceci était de la poltronnerie, il ôta
son chapeau et chassa l'animal avant l'arrivée de Betsy
Wilson, qui accourait à son secours.

La femme du fermier proposa ensuite de leur montrer
l'étable aux porcs. Le seul nom d'étable à porcs éveille
généralement une idée de malpropreté ; mais quiconque
eût vu l'étable à porcs du fermier Wilson aurait eu une
impression toute différente. Elle était proprement dallée,
et on la lavait chaque jour. Les auges dans lesquelles
mangeaient les porcs étaient tenues propres, et leur
nourriture était toujours bonne et saine. Les porcs eux-
mêmes avaient une apparence de propreté que nul n'aurait pu s'attendre à trouver chez de pareils animaux.
Quoiqu'ils n'eussent pas l'adresse du porc savant, il y
avait réellement quelque chose d'intelligent dans leurs
grognements, et une expression très drôle dans les yeux
de plusieurs d'entre eux. Ils connaissaient leurs bienfai-

teurs, et trouvaient moyen, en les voyant, de manifester une joie qui s'accrut encore lorsqu'un garçon, à qui Mme Wilson avait ordonné d'apporter des cosses de fèves, vida son panier devant eux. Une lutte s'ensuivit, et chaque porc se mit à repousser les autres et à manger glouton-nement, aussi vite qu'il le pouvait, de crainte que ses compagnons n'en eussent plus que lui.

Harriet Benson dit qu'elle ne pouvait pas supporter le spectacle d'une telle gloutonnerie.

« Ce spectacle est, en effet, très désagréable, répondit Mme Benson, même de la part de pareils animaux ; mais combien il l'est plus encore de la part d'êtres humains ! Et cependant c'est là un défaut trop fréquent, surtout chez les enfants. Je vous en prie, regardez ces porcs, Frederick, et dites-moi si vous avez parfois rencontré un pe-tit garçon mangeant des fraises comme ces porcs mangent des cosses de fèves ? »

A cette question les joues de Frederick se couvrirent de rougeur ; sur quoi sa mère l'embrassa tendrement et dit qu'elle espérait qu'il avait vu ce jour-là assez de glou-tonnerie pour lui servir de leçon pendant toute sa vie.

Dans une étable séparée se trouvait une truie avec une nichée de cochons de lait. Cette vue amusa beaucoup Frederick, et il aurait voulu avoir un des petits pour jouer avec. Mme Wilson lui dit que cela rendrait la truie furieuse, et celle-ci poussa des grognements qui le terri-fièrent plus encore que ne l'avait fait le dindon. Il re-nonça donc à cette idée, mais il dit qu'il aurait aimé à garder un de ces petits animaux.

« S'il devait rester petit, Frederick, ce serait très bien, dit Mme Benson ; mais il deviendra peut-être aussi gros que sa mère, et alors que feriez-vous ?

— Je crains, Mesdames, dit Mme Wilson, que vous ne

soyez fatiguées de rester ici. Vous serait-il agréable de faire une promenade dans le jardin ?

— De tout mon cœur, » répliqua Mme Benson.

Mme Wilson conduisit ses hôtes dans un jardin où se trouvaient en abondance toutes sortes de légumes pour la table, quantité de fruits et une grande variété de fleurs. Frederick aurait bien voulu goûter à quelqu'une des friandises qui se présentaient à ses yeux ; mais on lui avait appris à ne jamais cueillir un fruit ou une fleur sans permission, et à ne jamais rien demander aux personnes étrangères. Cependant Mme Wilson, avec l'autorisation de sa mère, leur offrit à lui et à sa sœur quelques belles cerises, que Betsy cueillit et leur présenta dans des feuilles de choux. Elle les conduisit à l'ombre d'un bosquet, où ils s'assirent pour partager ce festin. Après quoi ils allèrent voir les abeilles, qui travaillaient dans des ruches en verre.

CHAPITRE XIX

Mᵐᵉ Wilson et ses abeilles. — Entretien sur les insectes.

Le spectacle des abeilles intéressa beaucoup, non seulement les enfants, mais aussi Mᵐᵉ Benson, qui trouvait un grand plaisir à voir l'adresse et l'industrie avec lesquelles ces insectes recueillent leur miel et leur cire, construisent leurs cellules et y placent leurs provisions. Elle avait, dans les livres, acquis sur l'histoire naturelle des abeilles des connaissances qui la rendaient capable d'examiner leur travail avec beaucoup plus de plaisir qu'elle n'en aurait goûté si elle eût seulement appris à les considérer comme de petites créatures piquantes dont il était dangereux de s'approcher.

« Ceci, dit-elle à Mᵐᵉ Wilson, est pour moi un vrai régal, car je n'ai jamais eu, jusqu'à présent, l'occasion de voir des abeilles travailler dans des ruches en verre.

— Madame, répondit Mme Wilson, je trouve mon
compte, même au point de vue économique, à tenir
les abeilles ainsi, car, ne les détruisant pas, j'en ai
un plus grand nombre qui travaillent pour moi, et je
recueille chaque année plus de miel que l'année précé-
dente. Néanmoins je nourris mes abeilles pendant l'hiver.
J'ai fait connaissance avec la reine de chaque ruche ; elle
viendra à moi si je l'appelle, et vous verrez l'une d'elles
si vous le désirez. »

Là-dessus, elle appela d'une certaine façon à laquelle
les habitantes de la ruche semblaient être accoutumées.
Bientôt une grosse abeille vint se poser sur sa main, et
un instant après elle fut couverte d'abeilles de la tête
aux pieds.

Harriet Benson craignait qu'elle ne fût piquée, et Frederick allait prendre la fuite ; mais Mme Wilson leur assura que les petites créatures ne faisaient aucun mal si
personne n'essayait de les prendre.

« Les abeilles sont, de leur nature, des insectes très
inoffensifs, je vous l'assure, madame Benson, dit-elle,
quoique, je l'avoue, elles piquent certainement les petits
garçons cruels qui essayent de les attraper pour arracher
leurs aiguillons. Mais, vous le voyez, quoique j'en aie
des centaines sur moi, et même sur mon visage et sur
mes bras, pas une ne tente de me faire du mal ; je crois
que les guêpes mêmes piquent rarement, si ce n'est pour
leur propre défense. »

Elle agita alors sa main, et la reine abeille s'envola
majestueusement, entourée de ses gardes et suivie par le
reste de ses sujettes, toutes prêtes à sacrifier leur vie
pour défendre la sienne.

« Il y a quelque chose de merveilleux, dit Mme Benson,
dans l'attachement de ces petits animaux pour leur sou-

veraine, et leur exemple est aussi très instructif. Mais,
avant de prendre congé des abeilles, laissez-moi vous
faire remarquer, mes chéris, que l'on peut recevoir
d'elles plusieurs autres leçons utiles.

« Si de petits insectes comme ceux-ci accomplissent
avec tant d'ardeur leur tâche quotidienne, ce doit assurément être pour les enfants une honte de se montrer
paresseux, de se chagriner parce qu'ils doivent apprendre
des choses qui seront pour eux, dans l'avenir, de la plus
grande importance, et qui, vraiment, les rendraient
heureux dans le présent s'ils voulaient seulement s'y ap-
pliquer de bonne volonté. Rappelez-vous la jolie chanson
que vous avez apprise :

> Comment l'active petite abeille
> Profite-t-elle de chaque heure du jour ?

« Mais venez, madame Wilson, ajouta Mme Benson; il
nous faut, s'il vous plaît, prendre congé des abeilles,
autrement nous n'aurons pas le temps de jouir des autres
plaisirs que vous nous réservez. »

Tandis qu'ils s'éloignaient, Frederick s'oublia au point
d'attraper un insecte; mais sa mère l'obligea de le lâcher
immédiatement.

« Ne trouvez-vous pas, madame Wilson, dit-elle, qu'il
est mal de laisser les enfants attraper des papillons et
autres insectes ?

— Assurément, je suis de cet avis, Madame, répliqua
la bonne femme. Pauvres petites créatures ! quel mal
peuvent-elles nous faire en voltigeant autour de nous?
Dans cet état, du moins, elles ne sauraient nous causer
aucun tort. Nous sommes, il est vrai, souvent forcés de
détruire les chenilles et les limaçons, parce qu'ils dé-

vorent les fruits et les légumes; mais, à moins qu'ils ne deviennent assez nombreux pour nous causer un véritable préjudice, je ne souffre point qu'on y touche. Je me rappelle souvent la maxime de mon bon père : « Ne prenons jamais l'existence d'aucun animal, à moins que cela ne soit nécessaire pour le bien de l'humanité. Tant qu'il y a dans le monde assez de place et de nourriture pour eux et pour nous, laissons-les vivre et goûter les joies auxquelles ils sont destinés..., » disait-il.

— Lorsque j'étais petite fille, dit Mme Benson, j'aimais beaucoup à attraper les papillons et autres insectes ; mais mon père possédait un excellent microscope, dans lequel les objets paraissaient beaucoup plus grands qu'ils ne le sont réellement. Il me montra dans ce microscope beaucoup de différents insectes, et j'appris ainsi que les créatures, même les plus infimes, pouvaient être susceptibles de souffrir autant que moi-même. Ainsi, je le déclare, je ne puis mettre quoi que ce soit à mort sans m'imaginer que j'entends ses os craquer, et que je vois son sang jaillir de ses veines et de ses artères. Loin de trouver plaisir à détruire, même les insectes désagréables qui envahissent les maisons, je vous assure que je ne puis le faire moi-même, ni le voir faire sans en éprouver de la peine. Cependant ils peuvent assurément être considérés comme des ennemis, et nous avons, comme tels, le droit de les détruire.

— Vous pouvez en être sûre, Madame, dit Mme Wilson, car sans la propreté nous ne pourrions jouir du bienfait de la santé; c'est à regret que je détruis une belle toile d'araignée, et pourtant les araignées font paraître une maison très sale. Mais j'en trouve rarement chez moi, car j'ai eu soin, lorsque je suis venue de τ eurer ici, de détruire les nids; et les vieilles araignées, voyant qu'il n'y avait point de sécurité pour leurs petits, ont abandonné la maison. Je pense que la même vigilance au sujet d'autres insectes désagréables produirait le même effet.

— Sans doute, fit Mme Benson. Mais dites-moi, je vous prie, détruisez-vous aussi les toiles des araignées de jardin?

— Non, à moins qu'elles ne soient en assez grand nombre pour devenir gênantes et désagréables, répliqua Mme Wilson. Je n'aimerais pas moi-même à voir les fruits de mon labeur détruits, ni mes enfants arrachés de mes bras ou de leur lit bien chaud pour être écrasés.

— Selon moi, dit Mme Benson, il serait bon de prendre l'habitude, avant de détruire aucun être vivant, de changer, en imagination, de situation avec lui, et de se demander ce que l'on éprouverait si l'on était abeille, ou fourmi, ou papillon, oiseau ou petit chat, ou enfin toute autre espèce.

— J'ai souvent désiré, Madame, reprit Mme Wilson, que ces pauvres créatures muettes eussent quelqu'un pour parler en leur faveur; plus d'une innocente vie qui maintenant est détruite sans motif serait alors sauvée.

— Eh bien! dit Harriet, je ne détruirai certainement jamais aucun animal sans d'abord le regarder en pensée au microscope et sans me demander ce qu'il dirait pour sa défense s'il était capable de parler.

— Alors, ma chérie, répondit sa mère, je vous réponds que vous ne mettrez guère de créatures à mort. Mais, pour avoir une connaissance exacte de leurs formes, il faut étudier l'histoire naturelle; vous apprendrez par là combien les animaux sont merveilleusement organisés; avec quel soin et quelle tendresse les créatures inférieures assurent les besoins de leurs petits; combien sont ingénieuses leurs diverses occupations; combien ils sont loin d'être hostiles à l'espèce humaine; comment ils ont été admirablement formés par leur grand Créateur pour goûter le bonheur compatible avec leurs différentes situations, bonheur que nous n'avons assurément aucun droit de troubler sans motif.

« C'est, d'ailleurs, réellement une lâcheté que de détruire une créature parce qu'elle est petite. De la part des enfants, cette conduite est surtout absurde, car, d'après ce principe, ils devraient eux-mêmes s'attendre à être continuellement maltraités, quoique nul n'ait plus qu'eux besoin de tendresse depuis le moment où ils viennent au monde jusqu'à ce qu'ils aient atteint un certain nombre d'années; mais même les grandes personnes pourraient s'attendre à être anéanties par la toute-puissance du Créateur, si tout ce qui est petit devait être détruit.

« Je ne sais pas trop comment nous pouvons précisément qualifier quoi que ce soit de grand ou de petit, puisque nous n'apprécions la grandeur ou la petitesse qu'en comparant une chose à une autre. Une fourmi ou une mouche peut sembler à un être de son espèce, dont les yeux sont formés pour voir les parties que nous ne pouvons distinguer sans microscope, aussi énorme qu'un homme ou une femme paraissent à nos yeux, et pour des créatures aussi petites que le charançon, un animal de la taille d'une fourmi paraît sans doute formidable et gigantesque. C'est pourquoi je trouve qu'il est bon d'observer les insectes au microscope avant de faire quoi que

soit qui puisse leur nuire, ou de détruire inutilement
leur travail. »

Pendant cette conversation, Frederick courait çà et là
en choisissant des fleurs, que Betsy Wilson cueillait, et
dont elle formait des bouquets pour sa mère, pour sa
sœur et pour lui.

CHAPITRE XX

La basse-cour. — Dîner à la ferme.

L'endroit où Mme Wilson conduisit ses hôtes était une basse-cour, dans laquelle se trouvait un large étang. Là ses jeunes visiteurs furent ravis à l'aspect d'un grand nombre d'oies et de canards. Quelques-uns nageaient dans l'eau, d'autres plongeaient, d'autres cherchaient dans la vase des poissons ou des vers.

« Il me paraît étrange, dit Harriet, qu'une créature, quelle qu'elle soit, puisse prendre plaisir à se salir ainsi !

— Et pourtant, répliqua Mme Benson, combien d'enfants agissent de même sans avoir aucune excuse ! Les canards et les oies cherchent ainsi ce qui est nécessaire à leur existence ; mais j'ai vu des petits garçons le faire seulement par plaisir, et quelquefois au risque de leur vie.

— Avez-vous du poisson ici ? demanda Frederick à Mme Wilson.

— Je crois qu'il n'y en a pas de fameux, Monsieur ;

les canards et les oies empêcheraient qu'aucun d'eux pût atteindre une taille considérable. Mais il y en a en abondance dans un étang que vous verrez au milieu du champ voisin, et j'espère avoir le plaisir de vous voir, à dîner, manger de quelque perche qui y aura été prise. Nous pêchons parfois une belle carpe ou une tanche, mais seulement avec des filets, car ni mon mari ni moi ne pouvons souffrir le cruel divertissement de la pêche à la ligne. Nous ne permettons pas non plus à nos enfants de le faire; car nous trouvons que ce divertissement endurcit le cœur.

— Je vous prie, dites-moi, mère, s'il est cruel de tuer les grenouilles et les crapauds?

— Demandez à Mme Wilson, ma chérie, elle a plus que moi l'habitude de ces animaux, répondit Mme Benson.

— Eh bien! Miss, répliqua Mme Wilson, quoique je n'aime nullement à voir dans ma maison des animaux tels que les grenouilles ou les crapauds, je ne condamne pas à une mort violente ceux que je trouve accidentellement dans mes celliers ou dans d'autres endroits. Au contraire, je les jette habituellement dans un fossé, à quelque distance, les abandonnant à leur chance. Il y a beaucoup d'oiseaux et de volailles aquatiques qui se nourrissent de jeunes grenouilles et de crapauds, et qui les empêchent de se multiplier au point de nous devenir nuisibles. D'ailleurs, il est assez temps de prendre les armes contre eux lorsqu'ils deviennent par trop nombreux. Mon mari a un respect tout particulier pour les taupes. S'il les trouve dans son jardin, ou dans un endroit de ses terres où elles peuvent nuire, il les détruit; mais il ne permet jamais qu'on y touche lorsqu'elles sont inoffensives. Il ne permet pas non plus qu'on fasse

La mare aux canards.

la chasse aux serpents; car il dit que, si on ne les trouble pas, ils ne sortiront pas de leurs retraites pour nous gêner; et tuer pour le plaisir de tuer est cruel.

— Je vous prie, madame Wilson, dit Frederick, vos fils vont-ils jamais prendre des nids d'oiseaux?

— Non, Monsieur, dit-elle. J'espère qu'il n'y a pas dans ma famille un enfant capable d'une pareille barbarie. Dans le courant de l'été les enfants ont, généralement, à nourrir de jeunes oiseaux qui tombent de leurs nids, ou qui perdent leurs parents; ils parviennent rarement à les élever, et nous en avons seulement dans une cage un qu'ils ont élevé l'été dernier. Mais nous avons quantité de chanteurs; car les mignonnes créatures, voyant qu'elles peuvent rester dans les arbres sans être inquiétées, nous régalent de leur musique du matin au soir. Vous en avez un spécimen dans le jardin. Mon mari ne tue jamais les corneilles ni les moineaux, parce que ces oiseaux sont très utiles par la destruction des insectes et en becquetant les vers et autres animaux nuisibles aux fermiers. Nous envoyons seulement un petit garçon pour veiller sur le grain nouvellement semé et sur la moisson, et il se contente de faire du bruit pour les effrayer.

— Oh! dit Frederick, j'élève aussi de jeunes oiseaux; j'ai une linotte et un rouge-gorge, et, outre ceux-là, j'en nourris une centaine. »

Mme Wilson sourit, et, s'adressant à Mme Benson, dit : « Maintenant, Madame, nous retournerons, si vous le voulez, à la maison; car je suppose que le dîner doit être prêt, et mon mari et mes fils ne tarderont pas à rentrer au logis. »

Mme Benson était un peu fatiguée de sa course, et elle avait réellement le désir de voir le fermier Wilson et le reste de son aimable famille. En approchant de la maison, elle fut rencontrée par le digne homme, qui lui souhaita la bienvenue de la façon la plus cordiale, et dit qu'il était fier de recevoir si bonne compagnie. Nancy, la fille aînée, à qui sa mère avait confié le soin de surveiller les suppléments culinaires ordonnés par elle, et qui, pour cette raison, ne s'était pas montrée le matin, fit alors son apparition. Elle était très proprement habillée; ses joues avaient les couleurs de la santé, la gaieté et la bonne humeur brillaient dans ses yeux. Avec cet aspect engageant, elle obtint aisément de maître Frederick la grâce de le placer près d'elle à la table, autour de laquelle les deux autres visiteurs, le maître et la maîtresse de la maison, et le reste de leur famille, — se composant de Thomas, un beau jeune homme de dix-huit ans, de quatre jeunes garçons et de la petite Betsy,— eurent bientôt pris place.

La table était couverte d'une nourriture simple; mais par les soins de Nancy, qui avait fait un excellent pudding, elle paraissait très appétissante. Mme Benson déclara ensuite que le repas lui avait beaucoup plu. Et le plaisir était encore augmenté par l'air heureux de toute la famille.

Le fermier était un homme très jovial. Il fit beaucoup de plaisanteries et amusa fort ses petits visiteurs. Peu de temps après le dîner, il demanda la permission de partir, parce qu'il avait à surveiller la tonte des moutons; mais, supposant que ce spectacle divertirait ses jeunes hôtes, il les pria de venir lui rendre visite aux champs, et il laissa Joe et Neddy pour servir de guides à maître Frederick.

CHAPITRE XXI

On voit tondre les moutons et traire les vaches.

Les jeunes fermiers se montrèrent d'abord un peu intimidés, craignant de prêter à rire à leurs hôtes par leur langage campagnard ; mais, lorsqu'ils remarquèrent la bonté que ceux-ci témoignaient à leurs sœurs, ils entrèrent en conversation. Ils racontèrent à maître Benson au sujet des animaux différentes particularités qu'il ignorait ; et lui, en retour, leur dit tout ce qu'il savait sur les rouges-gorges et sur ses autres pensionnaires.

Mme Benson exprima le désir de voir tondre les moutons ; Mme Wilson et sa fille la conduisirent dans le champ où elles arrivèrent à la fin de l'opération. C'était un vrai plaisir de voir les heureux animaux, qui auparavant chancelaient sous une charge échauffante et lourde, délivrés de leur fardeau, sautant et gambadant avec délice ; tandis que la laine amoncelée promettait de chauds vêtements aux hommes, qui, privés de ce bienfait, auraient couru le risque de périr de froid pendant l'hiver suivant.

Harriet remarqua l'air innocent des moutons et des agneaux, et elle dit que c'était mille fois pitié de les tuer.

« Il est vrai, ma chérie, dit sa mère ; mais nous ne devons pas trop nous laisser aller à notre sensibilité envers les animaux destinés à notre nourriture. Tout ce que nous avons à faire est d'éviter la barbarie. Heureusement pour eux, n'ayant aucune appréhension d'être tués, ils jouissent de la vie jusqu'à la fin paisiblement et avec sécurité. Même lorsque le couteau est levé sur leur gorge ils ignorent sa destination, et une courte lutte met fin pour toujours à leur souffrance. Mais voudriez-vous, madame Wilson, nous permettre de voir vos vaches?

— Avec plaisir, Madame, répondit-elle ; on doit en ce moment les faire rentrer pour les traire. »

Mᵐᵉ Wilson conduisit ses visiteurs dans la cour de la ferme.

« Peut-être, Madame, dit-elle tout en marchant, la jeune demoiselle et le petit monsieur auront-ils peur des bêtes à cornes?

— Je crois, répliqua Mᵐᵉ Benson, pouvoir répondre qu'Harriet n'a pas de ces craintes déraisonnables. Je me suis efforcée de mettre l'esprit de mes enfants en garde contre une faiblesse si déplorable. Cependant je ne puis dire si le cœur de Frederick a acquis assez de fermeté pour le rendre capable de s'aventurer auprès de tant de vaches.

— Oh! oui, maman, s'écria Frederick. Plutôt que de m'enfuir je grimperais sur les cornes de l'une d'elles pour me promener dans la cour!

— Eh bien! nous mettrons bientôt votre courage à l'épreuve, dit Mᵐᵉ Benson ; ainsi venez, Monsieur!

— Quant à mes enfants, dit Mᵐᵉ Wilson, ils sont

L'attente.

remarquablement courageux vis-à-vis des animaux. Tous
ceux que nous possédons sont très doux et inoffensifs, ce
qui est une conséquence naturelle de la manière dont
nous les traitons, et personne n'a rien à craindre en pas-
sant dans n'importe quelle partie de nos terres. Mais il
est difficile de persuader à certaines gens qu'il n'y a pas
de danger. Ils sont disposés à s'imaginer que tout cheval
qu'ils voient en liberté va galoper contre eux, et que tout
animal armé de cornes va se jeter sur eux et les mettre en
pièces.

— C'est vrai, répliqua Mᵐᵉ Benson ; j'ai connu beaucoup de gens aussi effrayés à l'aspect d'un crapaud,
d'une grenouille ou d'une araignée, que si une mort
certaine avait dû être la conséquence de leur rencontre
avec eux ; tandis que, si ces personnes avaient seulement voulu faire usage de leur raison, elles auraient
bientôt été convaincues que de telles craintes sont mal
fondées. Les grenouilles, et même les crapauds, sont des
animaux très inoffensifs, et, bien loin de chercher à
nuire à aucun des êtres humains qu'ils peuvent rencontrer, ils s'enfuient en sautant de toute leur vitesse, dans
la crainte d'être eux-mêmes détruits. Je connais un
bon gentleman qui a habitué ses filles à prendre et à
tenir dans leurs mains tous les crapauds qu'elles rencontrent sur leur route, afin de convaincre ses voisins
qu'ils ont tort de croire cet animal venimeux. Les araignées lancent leur venin seulement pour leur propre
défense, et c'est pourquoi il est absolument ridicule de
les craindre.

« Les chevaux et les bœufs sont des animaux beaucoup
plus formidables. Ils pourraient certainement nous faire
grand mal s'ils avaient conscience de la supériorité de
leur force. Mais Dieu a sagement décidé qu'ils ne la con-

naîtraient pas, et, ayant donné aux hommes l'autorité sur eux, il a mis dans leur nature un respect et une crainte de l'espèce humaine qui les porte à se soumettre à l'homme lorsqu'il exerce son autorité d'une manière convenable.

« C'est vraiment une chose admirable, madame Wilson, que de voir un beau cheval fringant se soumettant au mors et au harnais, ou un troupeau de bœufs marchant tranquillement sous la direction d'un homme. Il est remarquable que les animaux qui nous sont le plus utiles sont les plus facilement apprivoisés et soumis, non seulement individuellement, mais par troupeaux, aux hommes, et même aux enfants. Cela prouve une fois de plus la bonté et la puissance du Créateur.

« Ce que je viens de dire, mes enfants, ajouta Mme Benson, doit vous faire comprendre que c'est, de la part d'un être humain, une grande faiblesse que de craindre des animaux inoffensifs. »

Pendant ce discours, la société était arrivée près de la cour de la ferme, et Frederick aperçut une vache regardant par-dessus la porte. Aussitôt, avec une contenance exprimant la crainte, il se hâta de courir près de sa mère et lui demanda si les vaches attaquaient le monde par-dessus les portes et les barrières.

« Quelle sotte question, Frederick ! dit-elle. Regardez encore, je vous prie, et vous verrez qu'il est impossible à des animaux si gros et si lourds de sortir des enclos destinés à les maintenir dans un espace limité. Mais ne vous êtes-vous pas vanté, tout à l'heure, que vous « grimperiez sur les cornes d'une vache » ? Je ne vous mettrai pas en demeure de le faire, attendu que ceci irriterait probablement l'animal, car les vaches ne sont point accoutumées à porter des fardeaux sur leurs têtes. Je ne vous

permettrai pas non plus de courir après elles avec un
bâton, ni de faire aucune tentative pour les effrayer. Mais,
si vous les approchez en ami, vous serez, je n'en doute
pas, reçu comme tel. Ainsi, rassemblez votre courage
et venez avec nous ; les vaches ne vous feront pas de mal,
je puis vous l'assurer. »

Neddy Wilson se mit alors à rire de l'idée qu'un
garçon pouvait avoir peur d'une vache. Ceci rendit Frederick honteux. Il abandonna la robe de sa mère qu'il
avait saisie en parlant, et, prenant la main de Neddy,
il annonça la résolution d'aller aussi près des vaches
qu'il le pourrait. Je n'oserais pas dire que son petit
cœur fût absolument calme ; mais ceci se passait en
lui-même, où nul autre que lui ne pouvait découvrir ses
impressions. Donnons-lui donc autant que nous le pourrons un brevet de courage, et reconnaissons qu'il est un
excellent petit garçon d'avoir ainsi fait de son mieux
pour dominer sa frayeur.

CHAPITRE XXII

Le fermier Wilson raconte son histoire. — Les Bensons
retournent au logis.

La compagnie entra alors dans la cour de la ferme, où
l'on vit huit belles vaches, grasses, brillantes, et admirablement propres, qui donnaient plusieurs seaux d'excellent lait, dont la vapeur, jointe au souffle des
vaches, répandait autour d'elles une odeur délicieuse.
Mme Wilson pria ses hôtes de rentrer dans la maison, où
elle avait préparé du thé pour eux. Le fermier rentra
aussi alors, et se rafraîchit avec un verre d'ale, très bien
venu après les fatigues de la journée.

« J'ai eu, dit Mme Benson, grand plaisir à visiter votre
ferme, monsieur Wilson. Elle me semble réunir tout le
confort désirable et tout ce qui est nécessaire à la vie. Je
vous souhaite sincèrement la continuation de votre prospérité. Si ma question n'est point indiscrète, dites-moi,
je vous prie, si la ferme vous a été léguée par votre père,
ou si vous l'avez achetée avec le fruit de votre propre
travail.

— Je vous assure, Madame, répliqua le fermier, que
ni ma femme ni moi nous n'avons mené une existence
oisive ; mais, après la protection du Ciel, je me crois en
grande partie redevable de ma réussite à mes bestiaux.
Mon père me laissa maître d'une petite ferme, avec quelques acres de terrains bien travaillés, un cheval, une
vache, quelques moutons, une truie et des porcs, et un
petit nombre de volailles. Tout cela s'est multiplié comme
vous l'avez vu, sans compter ce que j'ai vendu ; et j'ai eu
de belles récoltes de foin et de blé ; si bien que chaque
année j'ai mis de côté un peu d'argent, jusqu'au moment
où j'en ai eu assez pour acheter cette ferme, dont l'acqui-
sition m'a très bien réussi.

— Il est si extraordinaire d'entendre un fermier attri-
buer une partie de sa réussite à ses bestiaux que je vous
serais obligée, monsieur Wilson, dit Mme Benson, de vou-
loir bien m'expliquer ce fait.

— Bien volontiers, Madame, reprit-il. J'étais encore
un très jeune homme lorsque j'entendis, sur la nécessité
de se montrer bienveillant pour les animaux, un beau
sermon qui m'impressionna vivement. Depuis lors j'ai
toujours agi envers eux comme je l'aurais fait envers
les hommes, c'est-à-dire d'après le principe de les
traiter comme j'aurais voulu être traité. J'ai toujours
considéré chacun des animaux qui travaillent pour moi
comme un serviteur ayant droit à un payement. Mais,
comme les bêtes n'emploient pas d'argent, je les paye
avec des choses qui ont pour elles plus de valeur, et je
me fais un devoir, excepté dans les cas d'absolue nécessité, de les laisser se reposer le dimanche. J'ai grand soin
de ne pas laisser mes bêtes travailler au delà de leurs
forces, et de leur donner toujours leur nourriture en
temps opportun. Je ne permets jamais non plus qu'elles

soient cruellement traitées. Outre que je leur donne ce
que j'appelle leurs gages quotidiens, je leur accorde tout
le bien-être qu'il est en mon pouvoir de leur donner. En
été, quand le travail de la journée est achevé, mes chevaux jouissent d'un bon pâturage, et en hiver ils trouvent dans une chaude écurie un abri contre la rigueur
de la saison. Quand ils deviennent vieux, je leur trouve
quelque travail facile, et, quand ils ne peuvent plus rien
faire, je les laisse vivre tranquilles jusqu'à ce que l'âge et
les infirmités leur rendent l'existence à charge. Alors je
leur procure une mort aussi douce que possible. Quoique
mes vaches et mes moutons ne travaillent pas pour moi,
je crois qu'ils ont droit à une récompense par le profit
que je retire de leur lait et de leur laine, et je m'efforce
de les récompenser par le meilleur traitement. Quant
à mes chiens, j'en fais grand cas à cause de leur fidé-
lité.

— Ce sont là, vraiment, d'excellentes règles de conduite, monsieur Wilson, et je souhaiterais qu'elles fussent généralement adoptées, dit Mme Benson; car je crois
qu'un grand nombre de pauvres bêtes souffrent beaucoup
des mauvais traitements qu'on leur inflige, surtout les
chevaux des charrettes et des voitures publiques dans les
grandes villes.

— Oui, Madame, répliqua le fermier; je l'ai entendu
dire. Je pourrais vous raconter, au sujet des cruautés
exercées dans la campagne envers les animaux, des histoires qui vous révolteraient, et j'ai vu moi-même de
tels exemples des mauvais effets produits par la négligence à leur égard, qu'ils m'ont confirmé dans les opi-
nions que m'avait données l'excellent sermon dont je
vous ai parlé.

— Je vous suis très reconnaissante de ces détails, monsieur Wilson, dit Mme Benson, et j'espère que mes enfants n'oublieront jamais cette conversation ; car c'est assurément pour nous un devoir d'étendre notre bienveillance jusqu'aux animaux les plus infimes. L'Écriture nous recommande expressément de nous montrer compatissants envers les bêtes des autres, même envers celles de nos ennemis ; il est évident alors que celles qui nous appartiennent et qui travaillent pour nous ont des droits tout particuliers à notre bienveillance. Il y a une coutume qui me choque extrêmement, c'est celle d'enfermer et de laisser mourir de faim les bestiaux, qui viennent paître sur une propriété autre que celle de leur maître. Je suppose, monsieur Wilson, que vous ne mettez pas beaucoup cet usage en pratique.

— Madame, répliqua-t-il, j'enfermerais plutôt leurs propriétaires, dont la négligence ou l'improbité sont généralement cause que leurs chevaux meurent sur les terres d'autrui. S'il arrive qu'une bête vienne accidentellement sur mes terres, je la renvoie à son propriétaire ; car l'animal n'est certainement pas coupable de prendre sa pâture où il la trouve meilleure. Mais, si j'ai des raisons de supposer que le propriétaire l'y a placée lui-même, je me crois obligé de faire ce que la loi ordonne en pareil cas. Cependant, quoique je sois forcé de tenir ceci secret vis-à-vis de mes voisins, je vous avouerai, Madame, que je n'ai pas le courage de laisser la pauvre bête mourir de faim dans une écurie. Comme il n'existe pas de tribunaux devant lesquels les animaux puissent demander protection, j'en établis un pour eux dans mon cœur, où l'humanité plaide leur cause.

— Je voudrais qu'ils eussent un pareil avocat dans tous les cœurs, monsieur Wilson, reprit la dame. Mais ma montre me rappelle que nous devons maintenant

prendre congé de vous. Je le fais avec tous mes remerciements à vous et à madame Wilson, pour votre bon accueil et pour votre bonne chère ; je serai heureuse de vous
recevoir à mon tour chez moi, et je vous prie d'amener
toute votre famille avec vous. »

Mme Benson engagea alors son fils et sa fille à se préparer au départ. Frederick était devenu si intime avec
le petit Neddy qu'il aurait à peine pu se résoudre à le
quitter s'il ne se fût rappelé Robin et la linotte.

Tandis qu'ils revenaient en voiture, Mme Benson remarqua que l'histoire du fermier Wilson devrait suffire
à tous ceux qui l'entendaient pour les rendre soigneux,
même par égoïsme, des êtres vivants qui leur appartenaient. Mais, ajouta-t-elle, le plaisir et l'avantage seraient
encore plus grands si ces soins étaient donnés par humanité autant que par intérêt.

Harriet répondit qu'elle espérait ne jamais maltraiter
les animaux ni s'y attacher trop fortement.

« C'est là, ma chérie, répliqua sa bonne mère, une
juste mesure à observer. »

Ils arrivèrent bientôt chez eux. La bonne, à qui le
soin des oiseaux avait été confié, en rendit un très bon
compte ; puis Harriet et Frederick allèrent reposer en
paix, après une journée employée d'une manière aussi
utile qu'agréable.

CHAPITRE XXIII

Les vieux rouges-gorges emmènent leurs petits pour voir le monde.
— L'oiseleur. — Le fusil.

Le lendemain matin les rouges-gorges vinrent chez
Mme Benson comme à l'ordinaire. Robin continuait à
aller mieux ; mais son père commença à craindre qu'il
ne pût jamais se remettre complètement de son accident.
Il garda cependant ses appréhensions pour lui-même, et
permit aux petits de raconter à leur frère infirme ce qu'ils
avaient vu dans le verger. Frederick et Harriet s'amusèrent tant du ramage et du gazouillement des petites
créatures qu'ils ne firent pas attention à la chanson des
parents.

La mère rouge-gorge emmena les petits quand ils
furent restés aussi longtemps qu'elle le trouva convenable, et tous prirent congé de Robin, qui aurait bien
voulu les accompagner, mais qui n'en était pas capable.
Le père lui rappela que, sous tous les rapports, il avait
de grandes raisons d'être satisfait de sa situation pré-

8*

sente; sur quoi Robin reprit sa gaieté, et, jetant une note joyeuse, sauta dans la main de Frederick, qui la tenait ouverte pour le recevoir. Les autres s'envolèrent alors; puis Harriet et son frère se préparèrent à leurs travaux du matin.

Les rouges-gorges descendirent, comme à l'ordinaire, pour boire dans la cour, et ils se préparaient à retourner au verger, lorsque Flapsy exprima le désir de voir un peu le monde; car, disait-elle, il serait très monotone d'être toujours confinés dans le verger. Dicky appuya sa requête. Pecksy dit que sa curiosité était assurément excitée, mais qu'elle avait été si heureuse dans le nid qu'elle s'était fortement attachée à cet endroit et qu'elle serait contente d'y passer sa vie. Les parents approuvèrent hautement ses dispositions; cependant le père dit que, comme il n'y avait rien de blâmable dans le désir de voir le monde exprimé par Dicky et par Flapsy, pourvu toutefois que ce désir fût contenu dans les limites de la raison, il était prêt à le satisfaire. Leur ayant alors demandé s'ils étaient suffisamment rafraîchis, il étendit ses ailes et les guida jusqu'à un bois voisin, où il installa sa petite tribu dans les branches d'un chêne vénérable.

Là, leurs oreilles furent charmées par le concert le plus enchanteur. Sur un arbre un merle et une grive lançaient des fusées de notes éclatantes; sur un autre une quantité de linottes unissaient leurs douces voix. Au plus haut des airs une alouette gazouillait délicieusement; tandis qu'une de ses compagnes, posée sur un frais gazon, charmait par ses mélodies les échos du bois. A ces accents le rossignol joignait son chant ravissant. Enfin, pas une note ne manquait pour compléter l'harmonie de ce concert.

Les petits rouges-gorges étaient si ravis que pendant

quelque temps ils écoutèrent en silence. Enfin Dicky s'écria :

« Combien je serais heureux de me joindre à cette troupe joyeuse et de passer ma vie dans cet endroit charmant !

— C'est assurément, répliqua la mère, une situation très agréable ; mais si vous compreniez la supériorité des avantages dont, comme rouges-gorges, vous pouviez jouir en habitant le verger, vous n'auriez jamais le désir d'aller ailleurs. Quant à moi, je me trouve si heureuse dans cette paisible retraite, que la nécessité seule pourrait me forcer à la quitter. »

Pecksy, quoique ravie par la nouveauté de cette scène, et charmée par la musique, déclara qu'elle éprouvait maintenant un ardent désir de rentrer au logis. Mais Flapsy désira voir encore un peu plus.

« Eh bien ! dit le père, votre désir sera satisfait. Faisons un tour dans ce bois, je désire vous faire voir, dans chaque endroit où vous allez, tout ce qui est digne d'intérêt, et non pas vous laisser voler à travers le monde comme le font beaucoup de sots oiseaux, qui ne retirent aucun enseignement de leurs voyages. »

Là-dessus il étendit ses ailes comme pour donner le signal du départ, signal auquel sa famille obéit.

Remarquant une bande de petits garçons qui s'approchaient en silence :

« Arrêtez ! dit-il. Perchons-nous sur cet arbre, et voyons ce que veulent ces petits monstres. »

A peine étaient-ils posés qu'un des garçons grimpa dans un arbre voisin et y prit un nid de linottes, avec les petits à demi couverts de plumes, qu'il porta triomphalement à ses compagnons.

Au même instant une famille de grives poussa malheureusement des cris qui indiquèrent à un autre garçon l'endroit où se trouvait leur habitation. Il grimpa aussitôt et saisit avec empressement les infortunées petites créatures. Après ce bel exploit, les petits garçons quittèrent le bois, emportant en triomphe dans leurs demeures les pauvres petits captifs, séparés pour toujours des tendres parents, qui revinrent bientôt, chargés des provisions qu'ils apportaient avec tant de sollicitude pour nourrir leurs enfants.

Les petits rouges-gorges assistèrent alors aux angoisses paternelles et maternelles, dont ils avaient autrefois entendu parler; et Pecksy s'écria :

« Qui pourrait désirer de vivre dans ce bois, après avoir goûté la sécurité du verger! »

Dicky et Flapsy, craignant pour leur propre sûreté, avaient hâte de partir.

« Non, dit le père, restons encore un peu; nous partirons ensuite. »

Ils volèrent donc un peu plus loin, et ils virent un homme semant des graines sur le sol.

« Voyez là, fit Dicky, quelle excellente nourriture cet homme jette! Voilà, j'ose le dire, une bonne créature, et un ami de la race emplumée. Descendrons-nous pour profiter de sa libéralité?

— Ne vous hâtez pas trop de vous former une opinion, Dicky, fit le père. Surveillez-le un peu d'ici, et ensuite vous ferez ce que vous voudrez. »

Tous les petits tendirent leurs cous et fixèrent sur l'homme un œil curieux. Après quelques minutes, un grand nombre de moineaux, de pinsons et de linottes descendirent et commencèrent à se régaler. Mais au milieu de leur festin un filet fut soudain jeté sur eux, et tous furent faits prisonniers. L'homme, qui était un oiseleur

Le piège dans le gazon.

de profession, appela son aide, et celui-ci lui apporta une cage divisée en un certain nombre de petits compartiments, dans lesquels les linottes et les pinsons furent placés séparément. C'est dans cette affreuse prison, où elles avaient à peine la place de se remuer, que furent confinées ces petites créatures qui, tout à l'heure encore, sans crainte du danger, faisaient entendre leurs chants joyeux. Quant aux moineaux, on leur tordit le cou, et tous furent mis ensemble dans un sac. Les petits rouges-gorges tremblaient pour eux-mêmes, et ils avaient grande hâte de prendre leur vol.

« Attendez, dit le père, Dicky n'a pas encore fait connaissance avec cet ami de la race emplumée.

— Non, répliqua Dicky, et je ne désire point faire sa connaissance. Préservez-moi, ainsi que tous ceux qui me sont chers, d'amis comme celui-là.

— Eh bien! reprit le père, que cet exemple vous apprenne à ne jamais juger trop précipitamment, et à ne pas vous fier aux étrangers lorsqu'ils vous promettent des bienfaits que vous n'avez aucun droit d'attendre d'eux.

— En vérité, dit la mère oiseau, j'ai hâte de retourner au logis. Depuis quelque temps je me suis habituée à ne pas en être longtemps absente, et chaque excursion que je fais me le rend plus cher.

— Oh! la journée n'est pas encore à moitié écoulée, répliqua son compagnon; j'espère que, dans l'intérêt des petits, vous con-entirez à achever le voyage. Venez, visitons une autre partie du bois, j'en connais tous les recoins. »

La mère consentit, et ils continuèrent leur voyage. Soudain le père leur cria vivement :

« Tournez de ce côté! tournez de ce côté! »

Toute la troupe obéit à l'instant. Ils éprouvèrent le bon effet de leur obéissance, car ils virent aussitôt une vive lueur, suivie d'une épaisse fumée; puis immédiatement après ils entendirent un bruit terrible, et virent un jeune oiseau tomber sanglant sur le sol, où il se débattit juste le temps de s'écrier :

« Oh! mon cher père! pourquoi n'ai je pas écouté vos bons avis et vos conseils, qui, je le comprends maintenant trop tard, étaient inspirés par la sagesse et par l'affection? »

En achevant ces mots, il expira.

Les petits rouges-gorges étaient frappés de terreur à la vue de cet effroyable accident; et Pecksy, qui se remit la première, pria son père de lui apprendre par quel moyen l'oiseau avait été tué.

« Il a été frappé à mort, dit-il ; et, si vous ne vous étiez pas laissé diriger par moi, tel aurait été le sort de chacun de vous. Que ceci vous serve donc de leçon pour obéir à l'avenir, avec la même promptitude, à tous les ordres de vos parents. Vous pouvez croire que notre expérience nous apprend à prévoir beaucoup de dangers dont les jeunes créatures comme vous n'ont aucun soupçon, et que, lorsque nous vous engageons à faire une chose ou à l'éviter, c'est dans votre intérêt ou pour votre sûreté. C'est pourquoi, Dicky, vous ne devez jamais vous arrêter, comme vous l'avez fait quelquefois, en nous demandant pourquoi nous vous disons d'agir de telle ou telle manière; car, si vous l'aviez fait maintenant, vous qui vous trouviez en ligne directe de l'homme qui tirait, vous auriez infailliblement été atteint. »

Ils promirent tous d'obéir aveuglément.

« Faites-le, dit-il ; mais, à ce propos, vous devez aussi vous rappeler, pour le pratiquer en notre absence,

ce que nous vous enseignons à présent. Par exemple,
tant que nous sommes là, nous ne consentirions sous
aucun prétexte à vous laisser goûter de certaines sortes
de nourriture qui seraient très nuisibles à votre santé.
Eh bien! vous ne devrez jamais non plus vous les permettre quand nous vous aurons quittés, alors même
que d'autres oiseaux vous les recommanderaient. Vous
ne devrez non plus jamais vous engager dans aucune
entreprise dangereuse, d'où certains autres, qui auront
plus de force naturelle ou plus d'agilité acquise, sortiront sains et saufs. Vous ne devrez pas aller dans les
endroits que nous vous avons signalés comme dangereux, ni vous joindre à des compagnons avec lesquels
nous vous avons défendu de faire connaissance. Ce
pauvre oiseau aurait pu éviter son sort; car, la der-
niè·e fois que je suis venu dans le bois, j'ai entendu
son père lui conseiller de ne pas voler au loin tout seul
avant qu'il lui eût appris à connaître les dangers du
monde. »

Pecksy répondit qu'elle appréciait tant la valeur des
instructions paternelles, qu'elle en conserverait certainement avec soin chaque maxime dans son cœur. Les
autres promirent de faire de même.

« Mais, dit Flapsy, je ne puis comprendre la nature
de l'accident qui a occasionné la mort de ce pauvre oiseau.

— Je ne puis pas non plus vous l'expliquer, ma chérie, répliqua le père; je sais seulement que beaucoup
d'hommes ont l'habitude de porter des instruments avec
lesquels ils lancent quelque chose qui est fatal à beaucoup
d'oiseaux. Mais j'ai, par un examen attentif, appris comment on peut éviter ce danger. Venez maintenant, des-
cendons et rafraîchissons-nous un peu, puisque nous
pouvons le faire avec sécurité, et nous verrons ensuite à

trouver un endroit où vous puissiez vous amuser sans être exposés aux périls qui menacent les habitants des bois et des forêts. Êtes-vous assez reposés pour entreprendre une course très longue ?

— Oh oui ! » s'écria Dicky, très impatient de quitter l'endroit où, peu de temps auparavant, il avait souhaité de passer sa vie. Les autres exprimèrent le même désir, et toutes les ailes furent immédiatement étendues.

CHAPITRE XXIV

Le voyage est continué plus loin. — La volière et les lamentations
des captifs. — Retour au nid dans le verger.

Le père montra le chemin, et, au bout de très peu de
temps, lui et sa famille arrivèrent dans la propriété d'un
gentleman qui, possédant une fortune considérable,
s'efforçait de réunir tout ce qu'il y a de curieux dans
l'art et dans la nature, pour son propre amusement
et pour le plaisir des autres. Il avait une demeure sem-
blable à un palais, ornée de toutes les raretés les plus
coûteuses ; ses jardins, vers lesquels volèrent les rouges-
gorges, étaient arrangés de manière à offrir aux yeux
la plus agréable variété.

Entre autres objets élégants on trouvait là une volière,
construite comme un temple, et fermée par un grillage
en fil de cuivre doré ; la charpente était peinte en vert
et ornée de sculptures dorées. Au milieu, une fontaine
lançait continuellement un jet d'eau fraîche, qui retom-
bait dans un bassin dont le bord était émaillé de fleurs.
A l'une des extrémités, se trouvaient des compartiments

pour les nids des oiseaux, des mangeoires contenant différentes sortes de graines, et des matériaux pour construire les nids. Cette partie était soigneusement abritée contre toutes les rigueurs de la température. Un grand nombre de perchoirs étaient placés dans les différentes parties de la volière, et elle était entourée des plus magnifiques arbustes.

Une telle habitation, dans laquelle toutes les jouissances de la vie semblaient être réunies, où l'abondance régnait sans qu'on eût besoin de se donner aucune peine, où chaque gai chanteur pouvait chanter en paix, au milieu du bien-être, à l'abri des dangers des bois, parut à nos jeunes voyageurs la plus désirable de toutes les situations du monde, et Dicky exprima un ardent désir d'y être admis.

« Eh bien ! dit le père, ne vous hâtez pas de vous décider. Avant de chercher à augmenter le nombre des habitants de cette demeure, il sera sage de vous informer s'ils sont réellement heureux. Placez-vous près de moi sur cet arbuste, et, tout en nous reposant, nous pourrons voir ce qui se passe. »

Le premier oiseau qui attira leur attention fut une colombe, qui roucoulait seule dans un coin, avec des accents si doux et si gracieux qu'un être étranger à son langage l'aurait écoutée avec délices. Mais les rouges-gorges, qui comprenaient ce qu'elle disait, l'entendaient avec un intérêt sympathique.

« Oh ! ma chère, ma bien-aimée compagne, disait l'oiseau, suis-je donc séparé de vous pour toujours ? A quoi me sert d'avoir ici toute l'élégance et tout le luxe de la vie ? Privé de votre société, je ne puis en jouir. Le morceau le plus humble, obtenu au prix de peines et de dangers, serait pour moi infiniment préférable si je le

La colombe malheureuse.

partageais avec vous. Suis-je donc enfermé ici pour le
reste de mes jours, dans une société pour laquelle je n'ai
aucune sympathie, tandis que celle qui, jusqu'ici, avait
partagé toutes mes joies, est séparée de moi pour toujours ? En vain vous fatiguerez vos ailes à me chercher
avec anxiété : jamais, jamais plus je ne vous apporterai
le rafraîchissement attendu ; jamais je n'entendrai votre
voix caressante, ni je n'écouterai le doux murmure des
deux enfants que vous avez couvés avec tant de soin et
nourris avec une si grande tendresse ! Non , mes chers
petits, jamais votre malheureux père n'aura la liberté de
guider votre vol et de vous instruire de vos devoirs ! »
Ici sa voix faiblit, et, absorbé par d'amères réflexions,
il garda un triste silence.

« Cette colombe n'est cependant pas heureuse, dit la
mère rouge-gorge à son compagnon ; et ceci n'a rien d'é-
tonnant. Mais écoutons le discours de cette alouette. »

Ses yeux étaient tournés vers le ciel, elle agitait ses
ailes, elle gonflait sa gorge, et elle devait, à des yeux humains, paraître joyeuse à l'excès ; mais les rouges-gorges
comprirent qu'elle éprouvait un violent chagrin.

« Mon vol doit-il être arrêté par des barreaux et par
des grillages ? Ne dois-je plus m'élever vers l'astre lumi-
neux et faire retentir de mon chant la voûte des cieux ?
Cesserai-je d'être la messagère de l'aube, ou devrai-je
continuer à mener une existence si contraire à ma nature ? Non ! Vous, compagnons de ma captivité, c'est à
vous désormais de dormir et de prendre un lâche repos ;
puissiez-vous perdre dans le sommeil le souvenir du
bonheur passé ! O homme injuste et cruel ! N'était-ce
point assez d'amener l'approche du jour, d'égayer vos
heures de travail, d'augmenter le charme de vos soirées ?.
Fallait-il encore, pour vos égoïstes plaisirs, me priver de

toutes les joies chères à mon cœur, et me condamner à une situation que je déteste ? Reprenez vos délicieuses friandises ; réservez vos jets d'eau pour ceux qui peuvent les apprécier, et rendez-moi la liberté ! Mais pourquoi m'adresser à vous, qui ne faites aucune attention à ma misère ? » Alors, jetant autour de lui un regard indigné, l'oiseau cessa de chanter.

« Que pensez-vous, maintenant, Dicky ? demanda le rouge-gorge. Avez-vous encore du bonheur dont on jouit ici une idée aussi haute que vous l'avez conçue à première vue ?

— Jusqu'à présent, répliqua Dicky, je ne puis m'empêcher de trouver que c'est là une charmante retraite, et qu'il doit être très agréable de se trouver pourvu de tout ce dont on a besoin.

— Eh bien ! dit le père, changeons de place, et observons ces linottes, qui sont en train de construire leur nid. »

Ils volèrent donc jusqu'à un arbre dont les branches formaient une partie du toit de la volière, et de là ils entendirent aisément, sans être eux-mêmes remarqués, tout ce qui se disait à l'intérieur.

« Allons, dit une des linottes, continuons notre travail et achevons le nid, quoique ce soit une triste tâche que de couver une nichée de petits prisonniers. Combien la position était différente lorsque nous espérions le plaisir d'élever une famille pour toutes les joies de la liberté ! Les hommes, il est vrai, nous fournissent maintenant, avec un grand soin, les matériaux nécessaires, et nous faisons un excellent nid ; mais je vous assure que je préférerais avoir la peine de les chercher. Quel plaisir n'avons-nous pas éprouvé en arrachant un flocon de laine du dos d'un mouton, en cherchant de la mousse, en choi-

sissant les meilleures plumes, dont le nombre était à
notre discrétion, en nous reposant au sommet d'un arbre
d'où nous jouissions d'une immense perspective, en nous
joignant à un chœur de chanteurs que nous rencontrions
par hasard ! Mais maintenant tous nos jours se passent de
la même manière ; la variété, si nécessaire pour donner
de la saveur à tous les plaisirs, nous fait défaut. Au lieu
des chants de joie que nous entendions jadis, nos oreilles
sont continuellement attristées par le son de plaintives
lamentations, de transports de rage ou de murmures de
mécontentement. Quand bien même nous pourrions nous
résigner à la perte de notre liberté, il nous serait impossible d'être heureux ici, à moins de parvenir à endurcir
nos cœurs contre tout sentiment de sympathique compassion.

— Tout ceci est vrai, répliqua sa compagne. Cependant je suis résolue à essayer de ce que pourront la patience, la résignation et le travail, et j'espère que nos
petits, n'ayant jamais connu ce qu'est la liberté, ne la
regretteront pas comme nous le faisons. »

En disant ces mots, elle prit un brin de paille ; son
compagnon suivit son exemple, et ils continuèrent leur
travail.

A cet instant une mère chardonneret amena ses petits,
qui étaient complètement emplumés.

« Venez, mes enfants, dit-elle ; essayez vos ailes. Je
vous enseignerai à voler dans toutes les directions. »

A ces mots, les petits se séparèrent. L'un d'eux vola en
haut ; mais, piqué d'émulation pour surpasser un petit
moineau qui voltigeait à l'air libre au-dessus de la volière, il se heurta contre le grillage du dôme, et il serait
tombé sur le sol s'il n'eût été arrêté par un des perchoirs.

« Pourquoi ne puis-je pas prendre mon essor comme je

le vois faire aux autres oiseaux ? demanda-t-il à sa mère
dès qu'il eut repris ses sens.

— Hélas ! s'écria la mère, nous sommes dans une prison ; nous sommes enfermés, et nous ne pourrons jamais
sortir ! Mais il y a ici une nourriture abondante, et toutes
les choses nécessaires à la vie.

— Jamais sortir ! s'écrièrent tous les petits. Alors,
adieu, bonheur ! »

Elle essaya de les consoler, mais ce fut en vain.

Les petits rouges-gorges se réjouirent d'être en liberté.
Dicky renonça à l'envie de demeurer dans la volière, et
il exprima le désir de s'éloigner.

« Attendez, fit le père; écoutons ce que disent ces serins. »

Les serins avaient presque achevé leur nid.

« Quelle heureuse chance nous avons eue, dit la mère,
d'être placés dans cette volière! Combien elle est préférable à la petite cage où nous étions l'année dernière !

— Oui, répliqua son compagnon ; et cependant combien elle était confortable en comparaison de celle, plus
petite encore, dans laquelle nous avions auparavant été
enfermés séparément ! Pour ma part, je n'éprouve aucun
désir de voler au dehors, car je ne saurais que faire ni où
aller ; et je m'efforcerai d'inspirer à mes petits des sentiments pareils à ceux que j'éprouve. Nous devons, en vérité, la plus grande gratitude à ceux qui traitent si bien
des étrangers, dont leur libéralité est la seule ressource,
et je chanterai pour eux mes plus belles chansons. Rien
ne manquerait à cet endroit pour que le bonheur y soit
complet, si les autres espèces d'oiseaux en étaient ex-
clues. Pauvres créatures ! ce doit être très affligeant pour
elles d'être enfermées ici et de voir les autres oiseaux de
leur race jouir de leur pleine liberté ! Il n'est pas éton-

nant qu'ils soient continuellement en querelles. Quant à
moi, je les plains sincèrement, et, par compassion, je
suis prêt à supporter les affronts et les insultes qu'ils me
font parfois subir.

— Vous comprenez maintenant, Dicky, fit le père
rouge-gorge, que cet endroit n'est pas, comme vous le
supposiez, le séjour du parfait bonheur. Vous pouvez
aussi remarquer que ce n'est pas, néanmoins, un lieu
de désespoir universel. Il n'est jamais désirable d'être enfermé pour la vie, quand bien même la prison serait
splendide ; mais si vous devez jamais être pris et empri-
sonné, ce qui peut arriver, adoptez les sentiments de la
linotte et des serins. Le travail fera passer aisément plus
d'une heure dont le poids semblerait lourd si on l'em-
ployait à se chagriner et à se lamenter ; et les réflexions
sur les biens dont vous pourrez jouir affaibliront les re-
grets que vous éprouverez de ceux que vous aurez perdus.
Venez maintenant becqueter quelques-unes des graines
qui sont éparpillées auprès de la volière, car ceci n'est
pas voler. Nous retournerons ensuite au verger. »

En parlant ainsi, il descendit sur la terre, ainsi que
sa compagne et leur famille, et ils firent un repas copieux
avec les provisions qui avaient été répandues accidentellement par les personnes chargées du soin d'apporter la
nourriture aux hôtes de la volière.

Quand les rouges-gorges se furent suffisamment réga-
lés, tous retournèrent gaiement au nid, et chaque cœur
se réjouit de posséder la paix et la liberté.

CHAPITRE XXV

Les rouges-gorges envoient leurs petits pourvoir eux-mêmes à leurs besoins, et ils se séparent d'eux. — Remarques de Mme Benson.

Pendant les trois jours qui suivirent, rien de remarquable n'arriva, ni chez Mme Benson, ni dans le nid des rouges-gorges. La petite famille venait sur la table à manger, et Robin était rétabli de son accident, quoique pas assez complètement pour bien voler. Dicky, Flapsy et Pecksy continuaient à se porter si bien et à faire des progrès si rapides, qu'ils n'avaient plus besoin d'être soignés, et le troisième matin qui suivit leur visite au bois et à la volière ils ne commettaient plus la moindre erreur. Quand ils eurent quitté la salle à manger pour descendre dans la cour où Robin les accompagna, le père exprima une grande joie de les voir enfin capables de se suffire à eux-mêmes.

Puis, soudain, un étrange changement s'opéra dans son cœur. L'ardente affection pour ses petits, qui jus-

qu'alors l'avait rendu, pour l'amour d'eux, patient à
supporter la fatigue et insouciant de tout danger person-
nel, s'éteignit tout à coup ; mais il conserva de ses bonnes
dispositions une tendre sollicitude pour leur bonheur
futur, et, les réunissant autour de lui, il leur parla
ainsi :

« Vous devez reconnaître, mes chers enfants, que,
depuis le moment où vous êtes sortis de l'œuf jusqu'à
présent, votre mère et moi nous vous avons nourris avec
le plus tendre amour. Nous vous avons enseigné tous les
arts de la vie qui vous sont nécessaires pour vous procurer votre subsistance et pour vous préserver du danger.
Nous vous avons montré une variété de caractères dans
les différentes classes d'oiseaux, et nous vous avons in-
diqué ceux qui doivent être évités. Vous devez maintenant prendre soin de vous-mêmes ; mais, avant de nous
séparer, laissez-moi vous répéter mes conseils : Soyez
industrieux, évitez les querelles, cultivez la paix, et
sachez vous contenter de votre sort. Vous, Robin, je
vous engage, à cause de votre infirmité, à vous attacher à la famille où vous avez été si affectueusement re-
cueilli. »

Tandis qu'il parlait, sa compagne se tenait près de
lui. Sentant que le même changement commençait à
s'opérer dans son propre cœur, elle considéra ses petits avec un tendre regret, et, quand elle eut fini, elle
s'écria :

« Adieu ! vous, chers objets de mes soins et de ma sollicitude ! Puissiez-vous n'avoir jamais plus besoin de l'assistance maternelle ! Quoique la nature me délivre maintenant de la tâche difficile que pendant longtemps j'ai
accomplie chaque jour, je ne me réjouis pas, mais je la
reprendrais volontiers pour jouir du bonheur qui l'accom-

Derniers adieux.

pagne. Oh! sentiment délicieux de l'amour maternel, comment puis-je en être privée! Laissez-moi, mes enfants, vous embrasser une dernière fois! » Alors, étendant ses ailes, elle les pressa successivement contre son cœur; après quoi, elle recouvra tout à coup sa tranquillité.

Les vieux rouges-gorges, n'ayant désormais qu'eux seuls à nourrir, résolurent de ne pas rester plus longtemps à la charge de leurs jeunes bienfaiteurs, et, après avoir exprimé leur gratitude par les refrains les plus animés, ils s'envolèrent ensemble, ayant résolu de ne jamais se séparer.

La première fois que les vieux rouges-gorges manquèrent à la table du déjeuner, Frederick et sa sœur furent vivement alarmés pour leur sûreté. Mais leur mère dit que, sans doute, ils avaient quitté leurs petits suivant l'habitude de presque tous les animaux, qui abandonnent leurs enfants dès que ceux-ci sont en état de pourvoir eux-mêmes à leurs besoins.

« Voilà qui est très étrange, remarqua Harriet.

— Non, ma chérie, répliqua Mme Benson. La Providence a sagement décidé que l'amour des parents doit durer seulement aussi longtemps que leurs petits ont besoin de leurs soins. S'il en était autrement, l'occupation que leur donnerait l'ancienne couvée les empêcherait d'élever une nouvelle famille. Tant que la faiblesse de leurs petits les rend nécessaires, ils veillent sur eux avec toute la sollicitude des plus tendres parents; mais, dès qu'ils trouvent leurs enfants assez forts pour se suffire, l'instinct les pousse à préparer leur nid pour une nouvelle famille, à laquelle ils témoigneront la même affection.

— Je me demande, dit Harriet, ce que nous deviendrions, mon frère et moi, si vous et papa agissiez de la sorte envers nous ?

— Est-ce qu'un garçon de six ans et une fille de onze ans sont capables de se suffire à eux-mêmes? demanda sa mère. Non, mes chers enfants, vous avez besoin des soins de vos parents pendant beaucoup plus longtemps que les oiseaux et autres animaux ; c'est pourquoi Dieu a inspiré aux parents cette affection qui, une fois éveillée, reste pour toujours dans le cœur humain, à moins qu'un enfant ne la détruise par une conduite indigne. »

A ce moment les petits arrivèrent et furent joyeusement accueillis. L'amusement qu'ils procurèrent à Frederick le consola de la perte de leurs parents ; mais Harriet déclara qu'elle ne pouvait pas s'empêcher de regretter que ceux-ci fussent partis.

« Je veux à l'avenir, dit-elle, faire grande attention aux animaux, car j'ai pris beaucoup d'intérêt à observer ces rouges-gorges.

— J'approuve fort votre résolution, ma chérie, répliqua Mme Benson, et j'espère, par les instructions que je vous ai données de temps en temps, vous avoir suggéré une idée générale de la manière dont il convient de traiter les animaux. Je vais vous expliquer maintenant sur quels principes est fondée la règle de conduite que je me suis faite à ce sujet.

« Selon moi, le même Dieu bon et tout-puissant qui a créé l'espèce humaine a fait de même toutes les autres créatures vivantes, et leur a assigné dans la création des rangs différents, afin que toutes ensemble puissent former une sorte de communauté, dont les membres se rendent mutuellement des services.

« Le Tout-Puissant a, sans aucun doute, destiné tous les êtres à un bonheur proportionné aux facultés dont il les a doués. En mettant sans nécessité obstacle à ce bonheur, on agit donc contrairement à la volonté du Créateur.

« Le monde où nous vivons semble avoir été principalement créé pour l'utilité et le bien-être de l'homme, qui, par la volonté divine, domine les créatures d'un ordre inférieur. Il est donc certainement de notre devoir d'imiter, dans l'exercice de cette domination, le Maître suprême de l'univers, en se montrant miséricordieux autant qu'il est en notre pouvoir.

« Les hommes sont doués de raison, ce qui les rend capables de reconnaître les différentes natures des animaux, les facultés qu'ils possèdent, et la manière dont on peut les utiliser. Comme la plupart des espèces les plus utiles doivent à l'homme ce qui est nécessaire pour conserver leur existence, l'homme a un droit incontestable à profiter en retour de leur labeur. D'autres sortes d'animaux, vivant à nos dépens, ne peuvent pas travailler pour nous. De ceux-là nous recevons un dédommagement en nature, car ces animaux peuvent procurer à leurs bienfaiteurs la nourriture ou les vêtements. C'est pourquoi, lorsque nous prenons la laine et le lait des troupeaux et des vaches, nous ne prenons pas plus que notre dû, et que ce qu'ils peuvent aisément épargner, car il semble qu'ils n'en aient une surabondance que pour être en état de s'acquitter envers nous.

« D'autres animaux n'ont rien à nous donner, si ce n'est leur propre corps; ceux-là ont été expressément destinés par Dieu, le Créateur tout-puissant, à la nourriture de l'espèce humaine. Dans ce but, Il a décidé qu'ils se multiplieraient dans une proportion extraordinaire; au

point de nous devenir très nuisibles si tous devaient
vivre. Nous avons un droit incontestable à tuer ceux-là,
mais nous devons rendre leur courte existence aussi douce
que nous le pouvons, et les mettre à mort de façon à les
faire souffrir le moins possible.

« D'autres créatures encore semblent n'être d'aucune
utilité pour l'espèce humaine; mais elles nous servent à
pénétrer nos esprits de l'idée de la sagesse, de la puissance et de la bonté de Dieu, et, sans nul doute, elles
ont dans la création un rôle important, quoique nous
ne puissions le comprendre. Elles ne doivent pas être
tuées inutilement, ni traitées avec la moindre cruauté;
mais elles doivent jouir en toute liberté du bonheur qui
leur est réservé; à moins qu'elles ne deviennent assez nombreuses pour nous être nuisibles, en dévorant
la nourriture destinée à l'homme ou aux animaux
plus utiles pour lui, et qu'il est de son devoir de protéger.

« Certains animaux, tels que les bêtes sauvages, les
serpents et autres, sont de leur nature féroces, dangereux, venimeux, capables de nuire à la santé et même
de détruire la vie des hommes ou d'autres animaux
d'un ordre plus élevé qu'eux. Ceux-là, s'ils quittent
les retraites cachées qui leur sont assignées, et deviennent agressifs, peuvent certainement être tués avec
justice. »

Pendant que Mme Benson donnait ces instructions à sa
fille, Frederick s'amusait avec les jeunes rouges-gorges,
qui, n'ayant pas maintenant de parents pour les rappeler
aux convenances, faisaient une visite plus longue qu'à
l'ordinaire. Mme Benson aurait été obligée de les chasser,
si Pecksy, la voyant quitter son siège, ne se fût souvenue
qu'elle, ainsi que son frère et sa sœur, s'étaient rendus

coupables d'indiscrétion. Elle rappela donc à ces derniers qu'ils ne devaient pas rester plus longtemps, et elle se dirigea vers la fenêtre. Les autres la suivirent, et Mme Benson permit à ses enfants de faire leur promenade du matin avant de commencer leurs leçons.

CONCLUSION

Comme les vieux rouges-gorges, qui étaient les principaux héros de mon récit, sont heureux, il est temps de l'achever. Mais mes jeunes lecteurs désireront sans doute connaître la suite de l'histoire; je dois donc la leur dire en aussi peu de mots que possible.

Harriet suivit les préceptes et les exemples de sa mère, et elle devint la bienfaitrice de toutes les personnes et de toutes les créatures qu'elle rencontra.

Frederick, élevé d'après les mêmes principes, ne se montra jamais cruel envers les animaux, et ne leur témoigna cependant pas une tendresse exagérée. Il se fit assez remarquer par sa bienveillance pour mériter et obtenir la réputation d'un excellent homme.

Miss Lucy Jenkins fut tout à fait corrigée par la remontrance de Mme Benson et par l'exemple de ses amis. Mais son frère continua à exercer sa barbarie sur de malheureux animaux, jusqu'à l'époque où on le mit en pension. Là, n'ayant plus l'occasion de continuer à agir de même, il exerça ses mauvais instincts contre ses camarades, et prit plaisir à leur tirer les cheveux, à pincer et à taquiner les plus jeunes. Quand il parvint à l'âge d'homme, son cœur était tellement endurci qu'aucune souffrance ne pouvait l'in'éresser, et qu'il ne se souciait de nul autre que de lui-même. En conséquence, il était méprisé par toutes les personnes avec lesquelles il avait la moindre relation. Il vécut de cette manière pendant plusieurs années. Enfin, un jour qu'il frappait inhumainement de la cravache et de l'éperon un cheval qui ne marchait pas aussi vite qu'il l'aurait voulu, la pauvre bête, en s'efforçant de se soustraire à ses mauvais traitements, jeta par terre son brutal cavalier, qui fut tué sur le coup.

La prospérité du fermier Wilson s'accrut d'année en année et lui procura enfin les moyens d'établir convenablement ses enfants dans le monde. Lui et sa femme vécurent jusqu'à un âge très avancé, aimés et respectés de toutes les personnes qui les connaissaient.

Les vieux rouges-gorges visitèrent, l'hiver suivant, leurs affectueux bienfaiteurs. Mais un jour, en voltigeant, ils aperçurent quelques miettes de pain semées par miss Lucy Jenkins, qui, ainsi que je l'ai dit plus haut, avait adopté les sentiments de son amie au sujet de la bienveillance envers les animaux, et s'était résolue à suivre son exemple. Les rouges-gorges becquetèrent les miettes avec gratitude, et, encouragés par la bienveillance de son accueil, se décidèrent à répéter leur visite. Ils trouvèrent là une nourriture si abondante qu'ils jugèrent sage d'aller chez elle avec leur prochaine couvée, au lieu d'être à charge à leurs anciens bienfaiteurs, qui avaient un grand nombre de pensionnaires à nourrir. Mais Frederick et Harriet Benson eurent souvent le plaisir de les voir, et ils les distinguaient des autres oiseaux de leur espèce par plusieurs particu^larités qu'une si longue intimité leur avait donné l'occasion d'observer.

Robin, obéissant au conseil de son père, d'accord avec sa propre inclination, s'attacha à la famille de Mme Benson, où il fut traité comme un grand favori. Il avait auparavant, sous la direction de ses parents, fait de fréquentes excursions dans le jardin, et il était, grâce à leurs enseignements, capable de voler dans les arbres. Mais son aile ne fut jamais assez complètement rétablie pour lui permettre d'entreprendre de longues courses. Cependant il était libre de faire ce qui lui plaisait. Pendant les mois d'été, il passait habituellement la plus grande partie de son temps dehors, et se perchait dans les arbres. Mais il visitait chaque matin la table du déjeuner, et là il rencontrait d'ordinaire sa sœur Pecksy, qui avait établi sa demeure dans le verger, où elle jouissait de l'amitié de son père et de sa mère. Dicky et Flapsy, trouvant leur société trop grave, volèrent sottement au loin ensemble. Au bout de peu de temps, ils tombèrent tous deux dans un piège, et furent mis dans la volière que Dicky avait jadis désiré habiter. Ils y furent d'abord très malheureux ; mais, au bout de quelque temps, se rappelant les conseils de leurs bons parents et l'exemple des linottes, ils se réconcilièrent enfin avec leur sort ; et chacun d'eux trouva un compagnon avec lequel il vécut passablement heureux.

Ce serait un grand bonheur pour les animaux, si, comme la bonne Mme Benson, chaque être humain songeait au bien-être des créatures inférieures, sans les gâter par trop d'indulgence ni les faire souffrir en les tyrannisant. Ce serait un grand bonheur pour l'humanité, si, comme elle, chacun agissait d'accord avec la volonté du Créateur, en cultivant, dans son propre esprit et dans celui de ses enfants, le divin principe de la charité universelle !

Parmi les exemples cités précédemment, j'espère que mes jeunes lecteurs choisiront les bons pour les imiter, et profiteront des autres en tâchant de les éviter. S'il en était autrement, l'histoire des Rouges-Gorges aurait été écrite en vain.

FIN

TABLE DES MATIÈRES

12065. — Tours, impr. Mame

BIBLIOTHÈQUE DES FAMILLES

ET DES MAISONS D'ÉDUCATION

FORMAT PETIT IN-8°

Ouvrages illustrés de nombreuses gravures

ARC-EN-CIEL (L'), par Mᵐᵉ Julie Lavergne.

CONTES ARABES TIRÉS DES MILLE ET UNE NUITS, traduction de Galland.

CONTES FRANÇAIS, par Mᵐᵉ Julie Lavergne.

ESQUISSES DES ANIMAUX MAMMIFÈRES les plus remarquables, par M. Ad. Focillon, directeur de l'école supérieure municipale Colbert, à Paris.

FLEURS DE FRANCE, Chroniques et légendes, par Mᵐᵉ Julie O. Lavergne, auteur des *Neiges d'antan, des Légendes de Trianon et de Fontainebleau,* etc.

INSECTES (LES), par M. l'abbé J.-J. Bourassé.

LES POISSONS, par C. Millet.

MÉCONNU, par Florence Montgommery; traduit de l'anglais par Mᵐᵉ Charles Deshorties de Beaulieu.

MONDE SOUTERRAIN (LE), ou Merveilles géologiques, par M. de Longchêne.

PARABOLES DE LA NATURE, par Marguerite Gatty; traduction de l'anglais.

PREMIÈRES CONQUÊTES DE L'HOMME (LES), par Paul Bory.

PROMENADES D'UN NATURALISTE, par M. V.-O.

ROUGES-GORGES (UNE FAMILLE DE), traduit de l'anglais de Mᵐᵉ Trimmer; par Marie Guerrier de Haupt.

ROYAUME DU BONHEUR (LE), ou les Aventures d'une petite souveraine, par Marie Guerrier de Haupt.

SIMON LE POLLETAIS, Esquisses de mœurs maritimes, par H. de Chavannes de la Giraudière.

TEBALDO, ou le Triomphe de la charité; histoire corse, par Mᵐᵉ la Cˢˢᵉ de la Rochère.

TYPES ET CARACTÈRES, esquisses morales et pittoresques, par Gaston de Varennes.

UN TOURISTE ALPIN à travers la forêt de Bregenz et la Via Mala, par F.-A. Robischung.

VARIÉTÉS INDUSTRIELLES, par A. Mingard.

VOYAGES ET AVENTURES DE CHRISTOPHE COLOMB, traduit de l'anglais de Washington Irving, par Paul Merruau.

Tours, imprimerie Mame.

www.ingramcontent.com/pod-product-compliance
Lightning Source LLC
Chambersburg PA
CBHW051818020726
47502CB00005B/1523